Manual de laboratorio y ejercicios con actividades creativas

CONVERSACION Y REPASO

INTERMEDIATE SPANISH

SEVENTH EDITION

Publisher	Phyllis Dobbins
Acquisitions Editor	Jeff Gilbreath
Marketing Strategist	Jill Yuen
Developmental Editor	Nancy Geilen
Project Manager	Andrea Archer

Cover Design: Clarinda Publication Services

ISBN: 0-03-029551-3

Copyright © 2001, 1997, 1993, 1989, 1985, 1981, 1977 by Harcourt, Inc.

Address for Domestic Orders
Harcourt College Publishers, 6277 Sea Harbor Drive, Orlando, FL 32887-6777
800-782-4479

Address for International Orders
International Customer Service
Harcourt College Publishers, 6277 Sea Harbor Drive, Orlando, FL 32887-6777
407-345-3800
(fax) 407-345-4060
(e-mail) hbintl@harcourtbrace.com

Address for Editorial Correspondence
Harcourt College Publishers, 301 Commerce Street, Suite 3700, Fort Worth, TX 76102

Web Site Address
http://www.harcourtcollege.com

Printed in the United States of America

0 1 2 3 4 5 6 7 8 9   202   9 8 7 6 5 4 3 2 1

Harcourt College Publishers

Manual de laboratorio y ejercicios con actividades creativas

CONVERSACION Y REPASO

INTERMEDIATE SPANISH

SEVENTH EDITION

John G. Copeland
Late of the University of Colorado

Ralph Kite

Lynn A. Sandstedt
Professor Emeritus
University of Northern Colorado

HARCOURT COLLEGE PUBLISHERS

Fort Worth   Philadelphia   San Diego   New York   Orlando   Austin   San Antonio
Toronto   Montreal   London   Sydney   Tokyo

Índice

Preface

This student activities manual to accompany *Intermediate Spanish: Conversación y repaso, Seventh Edition*, is a combination laboratory manual and written exercise book. The laboratory manual portion of each unit (designated as *Ejercicios de laboratorio*) is a guide to the audio program for *Conversación y repaso*. The *Ejercicios escritos* portion contains controlled written exercises intended to further develop students' writing skills.

The laboratory exercises consist of the following sections:

1. The main dialogue, which begins each unit, is read by native Spanish speakers. This is intended to be an exercise in listening comprehension. The reading is following by from five to ten comprehension questions. These take the form of incomplete sentences, each with a choice of three phrases as possible completions. The student is asked to choose the most appropriate phrase and circle the corresponding letter (a, b, or c) on the answer form in the manual.
2. Oral pattern drills for reinforcement of the major grammatical structures are presented in each unit of the text. These include substitution drills, replacement drills, transformation drills, and question–answer drills. The directions for each oral exercise are given in the manual as well as on tape, as is a model sentence if one is appropriate. The correct responses are given on the tape for immediate confirmation. A pause is provided after the correct response is given for student repetition of the correct answer.
3. There are short passages with cultural information related to the theme of each unit in the text. Each passage is followed by a few listening comprehension questions in the form of true–false statements. The student is asked to say whether the statement is true or false by circling either *V (verdadero)* or *F (falso)* on the answer form in the manual.

The *Ejercicios escritos* section of each unit consists of exercises that utilize the vocabulary and grammatical structures of the corresponding unit in the text in a variety of new contexts. While some of these exercises are similar in format to those in the text, a number of other types are also included. The answers for these written exercises are listed in the back of the manual in order to give the student an opportunity for immediate self-correction.

The workbook also includes a section called *Actividades creativas*, which gives the student the opportunity to work with the language in a more creative, personalized way. These activities, related structurally and thematically to each unit, present situations that the student might be involved in on a daily basis. They may be assigned as homework although they are designed for use in the classroom as well.

Each unit includes a section called *Materiales auténticos*, which consists of selected articles and advertisements from magazines and newspapers found throughout the Hispanic world, giving the student the opportunity to work with textual material that native speakers of Spanish encounter daily.

UNIDAD 1

Orígenes de la cultura hispánica: Europa

 **Ejercicios de laboratorio**

Diálogo

Listen to the following conversation.

You will now hear some incomplete sentences, each followed by three possible completions. Choose the most appropriate completion and circle the corresponding letter in your lab manual. You will hear each sentence and its possible completions twice. Now begin.

1. a b c

2. a b c

3. a b c

4. a b c

5. a b c

Now repeat the correct answers after the speaker.

Estructura

A. The present tense of regular verbs

Listen to the base sentence, then substitue the subject given, making the verb agree with the new subject. Repeat the correct answer after the speaker.

Modelo: A veces Pablo no responde.
Yo
A veces yo no respondo.

1. _____

2. _____

3. _____

B. More regular verbs

Restate the sentence you hear, changing the verb to the first person singular. Repeat the correct answer after the speaker.

Modelo:　　Siempre asistimos a la clase.
　　　　　　Siempre asisto a la clase.

1. _____
2. _____
3. _____
4. _____
5. _____

6. _____
7. _____
8. _____
9. _____
10. _____

C. Verbs with a stem change from e to ie

Listen to the base sentence, then substitute the subject given, making the verb agree with the new subject. Repeat the correct answer after the speaker.

1. _____
2. _____

3. _____
4. _____

D. Verbs with a stem change from o to ue

Listen to the base sentence, then substitute the subject given, making the verb agree with the new subject. Repeat the correct answer after the speaker.

1. _____
2. _____
3. _____

E. Verbs with a stem change from e to i

Listen to the base sentence, then substitute the subject given, making the verb agree with the new subject. Repeat the correct answer after the speaker.

1. _____
2. _____

F. Stem-changing verbs (summary)

The sentences you will now hear contain stem-changing verbs of all three kinds. After you hear each sentence, restate it, using *Roberto* as the new subject. Repeat the correct answer after the speaker.

Modelo:　　Vuelvo a las cinco.
　　　　　　Roberto vuelve a las cinco.

1. _____
2. _____

3. _____
4. _____

5. _____   8. _____

6. _____   9. _____

7. _____   10. _____

G. Irregular and spelling-change verbs

Restate the sentence you hear, changing the verb to the first person singular. Repeat the correct answer after the speaker.

Modelo: Enrique es de España.
Soy de España.

1. _____   4. _____

2. _____   5. _____

3. _____

H. Questions

Answer the following questions affirmatively. Repeat the correct answer after the speaker.

Modelo: ¿Eres árabe?
Sí, soy árabe.

1. _____   4. _____

2. _____   5. _____

3. _____

I. Agreement of nouns and adjectives

Following the model, change each of the following sentences to the plural. Repeat the correct answer after the speaker.

Modelo: Esta lección es difícil.
Estas lecciones son difíciles.

1. _____   5. _____

2. _____   6. _____

3. _____   7. _____

4. _____

You will now hear five short passages, followed by two true-false statements each. Listen carefully to the first passage.

Indicate whether the following statements are true or false by circling either *V* (*verdadero*) or *F* (*falso*) in your lab manual. You will hear each statement twice.

1. V   F

2. V   F

Listen carefully to the second passage.

Now circle either *V* or *F* in your lab manual.

3. V   F

4. V   F

Listen carefully to the third passage.

Now circle either *V* or *F* in your lab manual.

5. V   F

6. V   F

Listen carefully to the fourth passage.

Now circle either *V* or *F* in your lab manual.

7. V   F

8. V   F

Listen carefully to the fifth passage.

Now circle either *V* or *F* in your lab manual.

9. V   F

10. V   F

Ejercicios escritos

I. Verbs in the present tense

Complete with the correct present tense form of the verb in parentheses.

1. Los estudiantes (hablar) _____ de la importancia de los idiomas extranjeros.

2. En esta clase mi amigo y yo (aprender) _____ a hablar español.

3. Ramón casi nunca (asistir) _____ a la clase de historia.

4. Yo (pensar) _____ ir a España durante las vacaciones.

5. ¿A qué hora (empezar) _____ tú a hacer la tarea?

6. Por lo general la gente española (almorzar) _____ a eso de las dos.

7. Mis padres (volver) _____ mañana de su viaje a Europa.

8. Todos (estar) _____ muy animados en la fiesta.

9. José (sentir) _____ la presencia de algo extraño en el cuarto.

10. Elena y Ramón (pedir) _____ información acerca de la influencia extranjera sobre el español.

11. Este restaurante (servir) _____ platos típicos de África.

12. Sus hermanos (jugar) _____ al tenis cada día.

13. Las flores en el jardín (oler) _____ bien.

14. Yo (conocer) _____ bien a la chica francesa.

15. Mi primo (recibir) _____ mucho dinero de su abuelo.

16. Yo siempre (corregir) _____ los errores antes de entregar la composición.

17. El papel no (caber) _____ en este cuaderno.

18. Yo no (saber) _____ mucho de los visigodos.

19. Nosotros (salir) _____ mañana para España.

20. El profesor (estar) _____ en las clase.

21. ¿Cuándo (ir) _____ Uds. al centro?

22. Los estudiantes (oir) _____ las campanas de la universidad.

23. Yo (tener) _____ que salir temprano para no llegar tarde.

24. Tú (ser) _____ el estudiante más inteligente de la clase.

25. Su amigo (venir) _____ muchas veces a nuestra casa.

II. Adjective agreement

Answer the questions, following the model.

Modelo: Juan es un alumno preguntón. ¿Y Teresa?
Teresa es una alumna preguntona también.

1. El señor García es un buen trabajador. ¿Y la señora García?

   _____

2. Ella es una famosa pianista americana. ¿Y él?

   _____

3. Su tío es un gran guitarrista español. ¿Y su tía?

   _____

4. Es un artículo muy interesante. ¿Y la novela?

   _____

5. Es una joven francesa. ¿Y él?

   _____

6. Son unos exámenes difíciles. ¿Y las lecciones?

   _____

7. Son unas revistas alemanas. ¿Y los periódicos?

   _____

8. Son unos sistemas complicados. ¿Y las preguntas?

   _____

III. The personal a

Complete with the personal *a* where needed.

1. Roberto lleva _____ su amiga a la clase.

2. Tengo _____ unos parientes muy inteligentes.

3. Vemos _____ Elena todos los días en el pasillo.

4. Compramos _____ libros en aquella librería.

5. No conoce _____ nadie en el pueblo.

6. ¿ _____ quién hablan los estudiantes?

7. No veo _____ ninguna chica en esta sala.

8. Prefieren _____ este libro.

IV. Translation

Write the following sentences in Spanish.

1. Ramón disappoints his professor because he does not want to go to class.

_____

_____

2. We know Mr. Gomez well. He is an old friend from Spain.

_____

_____

3. The climate here is very good, but I prefer to live in the capital.

_____

_____

4. Mrs. Garcia is the only woman who has several books about Spanish politics.

_____

_____

5. He is a unique person. He wants to be a famous artist, but he does not want to work.

_____

_____

6. I believe that a poor man can be a great man if he is hard-working.

_____

_____

7. At 10:00 she intends to go to class at the University of St. Francis.

_____

_____

8. We see the white snow and the green trees on the high mountains.

_____

_____

9. I know that the second lesson is interesting, but it is also very difficult.

_____

_____

10. The two Spanish men are famous guitarists.

_____

🌸 Actividades creativas

A. Compatibilidad

You have applied to live in a student residence at the university. The director of the residence has asked you to describe yourself in order that you may be assigned a compatible roommate. Provide the requested information.

1. ¿Cuántos años tiene Ud.? _____

2. ¿En qué año está Ud. en la universidad? _____

3. ¿Qué es su especialización (*major*)? _____

4. ¿Cuáles son sus clases predilectas? _____

5. ¿Cuáles son sus deportes predilectos? _____

6. ¿A Ud. qué le gusta comer? _____

7. ¿Prefiere Ud. estudiar en su cuarto o en la biblioteca? _____

_____

8. ¿A Ud. le gusta pasar mucho tiempo con sus amigos? ¿Cómo son ellos? _____

_____

9. ¿A Ud. qué le gusta hacer durante su tiempo libre? _____

_____

B. Orientación

You are a member of the university orientation committee for new students. How would you describe the following aspects of student life at your school?

Modelo: la universidad:
La universidad no es muy grande pero es muy buena.

1. los profesores:

_____

_____

2. las clases:

_____

_____

3. los exámenes:

_____

_____

4. la tarea (*homework*):

_____

_____

5. el centro estudiantil:

_____

_____

6. los deportes:

_____

_____

7. la ciudad en que está situada la universidad:

_____

_____

8. la vida cultural:

_____

_____

9. las activades predilectas de los estudiantes:

_____

_____

En muchos periódicos y revistas se encuentran anuncios de cursos para el estudio de lenguas extranjeras. Esto indica la importancia de saber una segunda lengua si Ud. planea ser hombre o mujer de negocios, participar en la política o simplemente viajar por todo el mundo como turista. Lea Ud. este anuncio y conteste las preguntas.

CURSOS EUROPEOS 1989

 Inglés en Gran Bretaña **Francés en Francia**

Alemán en Alemania

Más de 20 años de experiencia en la enseñanza del inglés, con centros en Madrid, Valladolid y Zaragoza, nos permite asesorarle con toda garantía y seriedad acerca de los cursos más adecuados para las necesidades de cada uno.

— Cursos generales e intensivos.

— Cursos individuales hechos a medida.

— Cursos especializados en administración de empresas, comercio, secretariado, banca, turismo, medicina, economía y otras especialidades.

— Nuestros propios cursos para niños en Newquay, Inglaterra.

— Cursos combinados con deportes y actividades diversas, para practicar y vivir el idioma.

— Cursos de verano para todas las edades.

EN RESUMEN: TENEMOS EL CURSO QUE USTED NECESITA.

Información y reservas:

 THE ENGLISH CENTRE

J. P. FITZGIBBON

Velázquez, 18 - 28001 Madrid

Tels. 275 64 76 - 431 44 90

Además, cursos de inglés en nuestros propios centros de Madrid, Valladolid y Zaragoza; en Irlanda y USA.

---

1. Si Ud. quiere estudiar inglés, ¿el "English Centre" ofrece cursos en qué país? _____ ¿A dónde

puede ir para estudiar francés? _____ ¿alemán? _____

2. ¿A dónde debe ir para estudiar ruso? _____ ¿japonés? _____ ¿italiano?

_____

3. ¿Cuántos años de experiencia ha tenido el "English Centre" en la enseñanza del inglés?

_____

4. ¿Dónde están algunos de sus centros de estudios? _____

_____

5. ¿Tiene el "English Centre" mucha confianza (*confidence*) en sus cursos? _____ ¿Cómo

sabemos eso? _____

6. Cite tres clases de cursos que se ofrecen. a. _____ b. _____ c. _____

¿Son los cursos solamente para adultos? _____ ¿Cómo sabemos eso? _____

_____

7. Escriba Ud. un ensayo breve describiendo desde su punto de vista la importancia del estudio de una
lengua extranjera.

_____

_____

_____

_____

_____

UNIDAD 2

Orígenes de la cultura hispánica: América

 Ejercicios de laboratorio

Diálogo

Listen to the following conversation.

  You will now hear some incomplete sentences, each followed by three possible completions. Choose the most appropriate completion and circle the corresponding letter in your lab manual. You will hear each sentence and its possible completions twice.

1. a   b   c

2. a   b   c

3. a   b   c

4. a   b   c

5. a   b   c

Now repeat the correct answers after the speaker.

Estructura

A. The imperfect tense

Listen to the base sentence, then substitute the subject given, making the verb agree with the new subject. Repeat the correct answer after the speaker.

1. _____   4. _____

2. _____   5. _____

3. _____   6. _____

B. More verbs in the imperfect

Restate the sentence you will hear, changing the verb to the imperfect tense. Repeat the correct answer after the speaker.

Modelo: Comemos muchas papas en casa.
       Comíamos muchas papas en casa.

1. _____   5. _____

2. _____   6. _____

3. _____   7. _____

4. _____   8. _____

C. The preterite tense of regular verbs

Listen to the base sentence, then substitute the subject given, making the verb agree with the new subject. Repeat the correct answer after the speaker.

1. _____   3. _____

2. _____

D. The preterite tense of stem-changing verbs

Restate the sentence you hear, changing the verb to the third person plural. Repeat the correct answer after the speaker.

Modelo: Repetí las palabras nuevas.
       Repitieron las palabras nuevas.

1. _____   5. _____

2. _____   6. _____

3. _____   7. _____

4. _____

E. The preterite tense of irregular verbs

Restate the sentence you hear, changing the verb to the second person singular. Repeat the correct answer after the speaker.

Modelo: No pudieron hacer nada.
       No pudiste hacer nada.

1. _____   5. _____

2. _____   6. _____

3. _____   7. _____

4. _____

F. The use of the imperfect and preterite tenses

Change the verb you hear to the correct form of the imperfect or preterite tense, according to the sense of the sentence. Repeat the correct answer after the speaker.

Modelo: Siempre estudiamos mucho.
Siempre estudiábamos mucho.

1. _____ 5. _____

2. _____ 6. _____

3. _____ 7. _____

4. _____

G. Direct object pronouns

Restate each sentence you hear, changing the noun object to a direct object pronoun. Repeat the correct answer after the speaker.

Modelo: Comentamos varias influencias esta mañana.
Las comentamos esta mañana.

1. _____ 5. _____

2. _____ 6. _____

3. _____ 7. _____

4. _____

H. Reflexive verbs

Listen to the base sentence, then substitute the subject given, making the verb agree with the new subject. Repeat the correct answer after the speaker.

1. _____

2. _____

3. _____

I. More reflexive verbs

Restate each sentence you hear, changing the verb in the first person plural. Repeat the correct answer after the speaker.

Modelo: Me divierto estudiando el español.
Nos divertimos estudiando el español.

1. _____ 4. _____

2. _____ 5. _____

3. _____

Ejercicio de comprensión

You will now hear five short passages, followed by two true-false statements each. Listen carefully to the first passage.

Indicate whether the following statements are true or false by circling either *V (verdadero)* or *F (falso)* in your lab manual. You will hear each statement twice.

1. V   F

2. V   F

Listen carefully to the second passage.

Now circle either *V* or *F* in your lab manual.

3. V   F

4. V   F

Listen carefully to the third passage.

Now circle either *V* or *F* in your lab manual.

5. V   F

6. V   F

Listen carefully to the fourth passage.

Now circle either *V* or *F* in your lab manual.

7. V   F

8. V   F

Listen carefully to the fifth passage.

Now circle either *V* or *F* in your lab manual.

9. V   F

10. V   F

Ejercicios escritos

I. Verbs in the imperfect tense

Complete with the correct imperfect tense form of the verb in parentheses.

1. Los hombres (ir) _____ a las reuniones con frecuencia.

2. La chica mexicana (ser) _____ muy lista.

3. Yo (ver) _____ a José cada día en la clase de antropología.

4. ¿(Estudiar) _____ tú todas las noches en la biblioteca?

5. Mi familia y yo (comer) _____ muchas veces en ese café francés.

6. El estudiante siempre (traducir) _____ las frases con mucho cuidado.

7. Ellos (hablar) _____ de las influencias que las lenguas indígenas tenían sobre el idioma.

8. Su hermano y yo (ser) _____ alumnos en la misma clase de español.

9. Nosotros (ir) _____ todos los días al parque para dar un paseo.

10. Día tras día ellos no (entender) _____ nada de la lección.

II. Verbs in the preterite tense

Complete with the correct preterite tense form of the verb in parentheses.

1. Los invitados (salir) _____ anoche a las once.

2. El profesor (ir) _____ a Chile el año pasado.

3. Yo (trabajar) _____ para esa compañía.

4. Felipe y yo (poner) _____ los papeles en el escritorio.

5. Esa mujer no (decir) _____ la verdad.

6. Ellos me (conducir) _____ a mi cuarto.

7. ¿Qué (saber) _____ tú de aquel señor?

8. Todos (estar) _____ en casa a las ocho.

9. Su padre (dormir) _____ durante todo el concierto.

10. Los estudiantes (repetir) _____ las palabras tres veces.

11. Yo (pagar) _____ veinte pesos por el diccionario.

12. Ella (tocar) _____ el piano varias veces la semana pasada.

13. Yo (buscar) _____ a Tomás por todas partes.

14. Después de sentarse, mi padre (leer) _____ el periódico.

15. Ellos no (oir) _____ el ruido de la calle.

III. *Preterite and imperfect*

Rewrite the following narrative, changing the numbered verbs from the present to either the preterite or the imperfect tense.

Roberto (1) tiene catorce años. (2) Es un buen chico, pero no le (3) gusta levantarse temprano todos los días para ir a la escuela.

En lunes Roberto (4) duerme hasta muy tarde. (5) Son las siete y media, y él (6) tiene clase a las ocho. Su madre lo (7) llama dos veces y al fin él (8) se levanta, (9) se baña, (10) se viste y (11) se va al comedor para desayunarse. Él (12) come y (13) sale de prisa de la casa.

(14) Es un día hermoso. El sol (15) brilla y los pájaros (16) cantan. Roberto (17) anda rápidamente cuando (18) encuentra a su amigo José. José (19) es un chico perezoso y no (20) quiere ir a clase. (21) Quiere ir al parque para pasar el día, pero Roberto (22) dice que él no (23) puede porque (24) tiene que sufrir un examen en la clase de historia. (25) Dice también que el señor González, su profesor, (26) es muy estricto y que no (27) quiere ser castigado por no asistir a la clase. Los dos (28) se despiden y Roberto (29) se va a clase. José (30) se queda en la esquina esperando el autobús para ir al parque.

_____

_____

_____

_____

_____

_____

_____

_____

_____

_____

_____

_____

_____

_____

_____

_____

_____

_____

_____

IV. Direct object pronouns

Write the following sentences in Spanish. When necessary, cues have been given to indicate the noun to which the pronoun refers. Some sentences have two possible translations.

1. They saw me last night.

_____

2. He wanted to buy them. *(libros)*

_____

3. She read them in the newspaper last night. *(noticias)*

_____

4. I called you *(fam. sing.)* yesterday.

_____

5. Our friends visited us last year.

_____

6. I wrote it before leaving. *(carta)*

_____

7. He did not want to pay it. *(cuenta)*

_____

8. We received it last week. *(paquete)*

_____

V. The reflexive construction

Give the Spanish translation for each of the English phrases in parentheses.

1. *(I put to bed)* _____ a mi hermano a las diez, y *(I went to bed)* _____ a las once.

2. Antes de *(bathing herself)* _____, ella *(bathed)* _____ a su perrito.

3. *(She said good-bye)* _____ de su esposo, y luego *(she fired)* _____ a la criada.

4. Después de *(dressing)* _____ a su hermanita, ella también *(got dressed)* _____ .

5. Nosotras *(noticed)* _____ de que ella siempre *(fastens)* _____ una flor en la blusa.

6. Era su responsabilidad *(to awaken)* _____ a sus amigos después de *(waking up)*

_____ .

7. *(It seems)* _____ que cuando él era joven *(he resembled)* _____ mucho a su abuelo.

8. *(He seated)* _____ a su esposa, y luego *(he sat down)* _____ .

9. Ella *(took off)* _____ el abrigo y *(removed)* _____ los libros de la mesa.

10. *(He put on)* _____ la chaqueta y luego *(he put)* _____ el lápiz en el bolsillo.

VI. Translation

Write the following sentences in Spanish.

1. We met her last night, but we didn't know that she was French.

_____

_____

2. He found out that the lecture began at 7:30, but he arrived late.

_____

_____

3. They knew me at that time, but we didn't attend the same university.

_____

_____

4. The Indians contributed a great deal to the Spanish language and culture.

_____

_____

5. He said that I couldn't enter because I was only 16 years old.

_____

_____

6. He got up, closed the window, got dressed, and left the house.

_____

_____

7. They preferred to go early because they wanted to arrive on time.

_____

_____

8. She realized that there were only three students in the French class.

_____

_____

9. They came to Mexico last year and lived in Guadalajara until November.

_____

_____

10. When we left, they were dancing and singing.

_____

_____

 Actividades creativas

A. El fin de semana pasado

Using the suggestions below, write at least six things that you and people you know did or did not do last weekend. Explain why.

Modelo: *Yo no salí con mis amigos porque tenía mucha tarea que hacer.*

Actividades:	Razones:
ir al cine, a un concierto, etc.	tener mucha tarea que hacer
jugar al fútbol, al tenis, etc.	querer descansar
dar un paseo	estar cansado(a), enfermo(a), etc.
mirar la televisión	hacer buen tiempo, mal tiempo, etc.
trabajar	tener ganas de ver una película, etc.
salir con unos amigos	llover, nevar, etc.
quedarse en casa	no tener tiempo
?	?

1. _____

2. _____

3. _____

4. _____

5. _____

6. _____

B. Un cambio

The following people used to do the same thing every summer, but last summer they did something different. Express this change in routine. Be imaginative!

Modelo: *Todos los veranos yo iba a la playa con mi familia, pero el verano pasado fui a México.*

1. mis padres: _____

_____

2. mi hermano(a): _____

_____

3. mis amigos: _____

_____

4. el profesor: _____

_____

5. los estudiantes: _____

_____

6. tú: _____

_____

7. mi amigo y yo: _____

_____

8. el presidente: _____

_____

C. El sábado pasado

Using the verbs below, tell what you did last Saturday. Give the time each activity took place.

Modelo: despertarse
Me desperté a las seis de la mañana.

1. despertarse: _____

2. lavarse: _____

3. afeitarse: _____

4. vestirse: _____

5. irse: _____

6. divertirse: _____

7. volver a casa: _____

8. bañarse: _____

9. acostarse: _____

10. dormirse: _____

Materiales auténticos

La llegada de los españoles al hemisferio occidental empezó, entre otras cosas, un intercambio cultural. Vemos la influencia que las lenguas indígenas tenían sobre el idioma español en cuanto a las palabras nuevas que entraron en el español. Pero la importancia de este contacto es más que lo lingüístico. Lea este artículo de *Más* sobre la importancia de 1492.

1. Para todo americano, ¿qué simboliza el año 1492? _____

_____

2. En 1492, ¿qué cambió para siempre? _____

_____

3. ¿Qué han engendrado los pasados 500 años? _____

_____

CON LO NUESTRO

 Para unos es el comienzo...para otros quizás una fecha más que pertenece al pasado. Mas para todo americano, el año 1492 simboliza la mezcla de dos culturas sumamente avanzadas y a su vez muy distintas. El 1492 cambió para siempre la faz de la tierra y la propia substancia de la humanidad.

Aquí en Univisión, sentimos que el año 1992 abarca mucho más que el legendario "descubrimiento" de lo que llamamos América. Los pasados 500 años han engendrado una variedad de culturas y ricas tradiciones que son si acaso más importantes.

Al divisar lo que creyó ser la India, Cristóbal Colón no pudo haber imaginado el maravilloso tesoro que existía dentro de estas tierras misteriosas: sus imperios demostrando gran destreza en ingeniería; templos y palacios majestuosos; gente sabia de extraordinario talento cuya ingeniosidad nos asombra aún hoy en día.

En 1492 Colón cruzó un mar de diferencias, llegando a un mundo de intercambio. Esta jornada dió inicio al lento y a veces doloroso proceso que ha sido el nacimiento de un pueblo...un pueblo que se enorgullece de su doble herencia. Es decir, el pueblo hispano de América.

A través del próximo año, Univisión celebrará este acontecimiento...este *Encuentro con lo Nuestro*. Un encuentro que comenzó en 1492 y cuyo impacto todavía se siente actualmente.

A través de la música, el drama, la canción y el baile, Univisión destacará a fondo la excelencia hispana del ayer y de hoy.

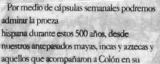

Por medio de cápsulas semanales podremos admirar la proeza hispana durante estos 500 años, desde nuestros antepasados mayas, incas y aztecas y aquellos que acompañaron a Colón en su viaje transatlántico.

El esplendor folklórico de México y España podrá apreciarse por medio de especiales exclusivos a través de Univisión. El gran actor Fernando Rey protagonizará el papel principal en una película que captura la leyenda de Don Quijote. Además, los equipos nacionales de fútbol de México y España competirán por la "Copa Encuentro" en su primer partido en más de 10 años.

Pero eso no es todo. La música de las Américas cobrará vida durante el Festival de la Canción Viña del Mar, y con especiales y conciertos protagonizados, entre otros, por Paloma San Basilio y Rocío Jurado.

El Noticieró Univisión contribuirá a su vez a la ocasión con una serie semanal de cápsulas, de dos minutos de duración, llamadas "Nuestra Herencia."

El mayor acontecimiento tendrá lugar el 8 de octubre de 1992; en esta fecha Univisión honrará a distinguidas figuras hispanas en una entrega de premios transmitida en vivo desde el Kennedy Center en la capital de los Estados Unidos.

Univisión celebra el inolvidable encuentro con América como nadie puede hacerlo...porque no hay

grupo en América más vinculado al mismo como lo está el pueblo hispanoamericano.

Para los hispanos, el 1492 marca el comienzo de lo que hoy somos. Univisión siente que nuestra herencia no consiste simplemente de un encuentro ocurrido hace siglos. Es más bien un encuentro continuo, un intercambio constante de ideas, de gente y de creatividad que continúa enriqueciendo la vida de todos en América y en el resto del mundo.

Los invitamos ahora a unirse a nosotros al conmemorar el año 1992, el aniversario del encuentro entre dos mundos...del *Encuentro con lo Nuestro*.

UNIVISION
La Visión de América

4. Al llegar Colón, ¿qué maravilloso tesoro existía dentro de estas tierras misteriosas?

_____

_____

5. Indique por los menos cinco cosas que Univisión va a hacer para celebrar «un encuentro que comenzó en 1492 y cuyo impacto todavía se siente actualmente.»

a. _____   d. _____

b. _____   e. _____

c. _____

6. ¿Cuál es su opinión de 1492, incluyendo lo bueno y lo malo de este gran encuentro cultural? _____

_____

_____

_____

_____

_____

UNIDAD 3

La religión en el mundo hispánico

 Ejercicios de laboratorio

Diálogo

Listen to the following conversation.

   You will now hear some incomplete sentences, each followed by three possible completions. Choose the most appropriate completion and circle the corresponding letter in your lab manual. You will hear each sentence and its possible completions twice. Now begin.

1. a   b   c

2. a   b   c

3. a   b   c

4. a   b   c

5. a   b   c

Now repeat the correct answer after the speaker.

Estructura

A.   The future tense of regular verbs

Listen to the base sentence, then substitute the subject given, making the verb agree with the new subject. Repeat the correct answer after the speaker.

1. _____

2. _____

3. _____

B. The future tense of irregular verbs

Restate each sentence you will hear, changing the verb to the future tense. Repeat the correct answer after the speaker.

Modelo: ¿Qué dice Roberto?
           ¿Qué dirá Roberto?

1. _____
2. _____
3. _____
4. _____

5. _____
6. _____
7. _____
8. _____

C. The conditional tense

Restate each sentence you hear, changing the verb to the conditional tense. Repeat the correct answer after the speaker.

Modelo: No hablaré con el cura.
           No hablaría con el cura.

1. _____
2. _____
3. _____
4. _____

5. _____
6. _____
7. _____
8. _____

D. Direct and indirect object pronouns

Restate the following sentences, replacing the direct and indirect object nouns with pronouns. Repeat the correct answer after the speaker.

Modelo: Doy el libro al cura.
           Se lo doy.

1. _____
2. _____
3. _____
4. _____

5. _____
6. _____
7. _____
8. _____

E. Gustar *and similar verbs*

Repeat each sentence you hear, then substitute either a new verb or a new indirect object pronoun, depending on the cue you are given. Repeat the correct answer after the speaker.

Modelo: Me gustan esos libros
Me gustan esos libros.

quedar
Me quedan esos libros.

le
Le quedan esos libros.

1. _____   3. _____

2. _____   4. _____

F. Questions

Answer the following questions in the affirmative, following the model. Repeat the correct answer after the speaker.

Modelo: ¿Te gustó la misa?
Sí, me gustó.

1. _____   5. _____

2. _____   6. _____

3. _____   7. _____

4. _____

G. Ser *and* estar *with adjectives*

Today the people you know seem different from the way they usually are. You will hear the following statements about them. Tell how they seem today, using the phrase *pero hoy* and making other necessary changes. Repeat the correct answer after the speaker.

Modelo: María no es fea.
María no es fea, pero hoy está fea.

1. _____   5. _____

2. _____   6. _____

3. _____   7. _____

4. _____

Ejercicio de comprensión

You will now hear four short passages, followed by several true-false statements each. Listen carefully to the first passage.

Indicate whether the following statements are true or false by circling either *V (verdadero)* or *F (falso)* in your lab manual. You will hear each statement twice.

1. V   F

2. V   F

Listen carefully to the second passage.

Now circle either *V* or *F* in your lab manual.

3. V   F

4. V   F

Listen carefully to the third passage.

Now circle either *V* or *F* in your lab manual.

5. V   F

6. V   F

7. V   F

Listen carefully to the fourth passage.

Now circle either *V* or *F* in your lab manual.

8. V   F

9. V   F

10. V   F

Ejercicios escritos

I. The future tense

Change the verbs in the following sentences from the *ir a* + infinitive construction to the future tense.

1. Voy a salir mañana.

   _____

2. Vamos a estudiar la religión católica esta tarde.

   _____

3. ¿Vas a hacer la lección esta noche?

   _____

4. Van a poner los platos en la mesa.

   _____

5. El cura va a venir tarde.

   _____

6. Reinaldo y yo vamos a asistir a misa.

   _____

7. Voy a tener tiempo para hacerlo después del día de obligación.

   _____

   _____

8. Todos van a decir la verdad.

   _____

II. The conditional tense

Conjugate the verbs in parentheses in the conditional tense.

1. Tomás dijo que Manuel (querer) _____ ir a misa con él.

2. Yo creía que ellos no (decir) _____ una mentira.

3. Era evidente que los obreros (hacer) _____ el trabajo.

4. Me escribió que tú (poder) _____ hacerlo.

5. Ellos me prometieron que no (poner) _____ la ropa allí.

6. Le dije que todos los papeles no (caber) _____ en la cartera.

7. Pensaban que la religión no (valer) _____ la pena.

8. Leyeron en el periódico que los oficiales de la iglesia (venir) _____ al pueblo.

III. Indirect object pronouns

Rewrite the following sentences, changing the indirect object pronoun in each according to the cue in parentheses.

1. Te mandó una tarjeta. (a mí) _____

2. Le dio el cheque. (a nosotros) _____

3. Les leyó el cuento. (a ella) _____

4. Le pidió permiso. (a ti) _____

5. Me prestó los libros. (a ellas) _____

6. Te vendió la casa. (a Ud.) _____

IV. Direct and indirect object pronouns

Rewrite the following sentences, changing the underscored words to pronouns and placing the pronouns in the proper position.

1. Me muestran las fotografías.

   _____

2. Nos prestaron la novela.

   _____

3. ¿Vas a contarme los cuentos?

   _____

4. José escribirá una carta a sus vecinos.

   _____

5. Dijeron que venderíamos el coche al señor Gómez.

   _____

6. El cura dio la información a los fieles.

   _____

7. Mi amigo dijo las respuestas a Ramón.

   _____

8. Queremos mandar este paquete a mi abuelo.

   _____

9. Están describiendo <u>la ciudad</u> <u>a sus clientes</u>.

_____

10. Tengo que comprar <u>unas revistas</u> <u>para Alicia</u>.

_____

V. Gustar *and similar verbs*

Answer each of the following questions in the affirmative.

1. ¿Te gustan las misas de la iglesia?

_____

2. ¿Les hace falta a Uds. leer más?

_____

3. ¿Le falta a Ud. bastante dinero?

_____

4. ¿Nos quedan sólo cinco minutos?

_____

5. ¿Les encantan a Uds. las ciudades grandes?

_____

6. ¿Te parecen interesantes los artículos?

_____

7. ¿Le pasó a Ud. algo extraño?

_____

8. ¿Te gustaría hacer un viaje a México?

_____

VI. Ser *and* estar

Complete with the correct form of either *ser* or *estar.*

1. Ellos _____ en México, pero no _____ mexicanos.

2. El concierto _____ a las ocho, pero el auditorio _____ muy lejos.

3. Los chicos que _____ jugando en el patio _____ mis primos.

4. Hoy _____ miércoles y ahora yo _____ de vacaciones.

5. Los productos que _____ en aquella tienda _____ de Ecuador.

6. Estos jóvenes generalmente _____ muy felices, pero anoche _____ descontentos.

7. El museo que _____ cerca del parque _____ el Museo de Antropología.

8. Esta corbata _____ de Roberto. _____ de seda.

9. Nosotros _____ seguros de que la máquina _____ segura (a safe one).

10. En realidad ella no _____ bonita, pero hoy _____ muy bonita.

11. Ellos _____ aburridos (bored) porque la clase _____ aburrida (boring).

12. La novela que _____ escrita por Cervantes _____ en la mesa.

13. Juan no _____ cocinero, pero este año _____ de cocinero en la cafetería.

14. _____ las once y todas las puertas _____ cerradas.

15. La sopa _____ rica (tastes good) pero no _____ muy caliente.

16. Generalmente él _____ alegre pero hoy _____ muy triste.

17. La conferencia _____ anoche a las ocho pero el profesor no _____ allí.

18. Tomás no _____ enfermo pero siempre _____ muy pálido.

VII. Translation

Write the following sentences in Spanish.

1. We were going to eat dinner when they arrived.

   _____

2. He says that she likes to go to church, but I don't believe it.

   _____

   _____

3. She will give us three pesos, but we need (are lacking) four.

   _____

   _____

4. I wonder what time it was when they saw them?

   _____

5. She is probably in the church now.

_____

6. Mother is going to cook in the kitchen, father is going to read the newspaper, and I am going to listen to CDs.

_____

_____

7. They are going to give it *(dinero)* to them if they want it.

_____

8. The country fascinates them, but they don't like the city.

_____

9. We have only three weeks left until All Soul's Day.

_____

10. I would like to study it *(religión)*, but I lack the time.

_____

 Actividades creativas

A. *Excursión de domingo*

You and your friends are planning an outing on Sunday. Indicate what you will do by matching the people on the left with the actions on the right. Add two of your own ideas too!

Modelo: nosotros / ir a las montañas
          Nosotros iremos a las montañas.

nosotros   hacer el viaje en el coche de Tomás
yo   traer bocadillos y unos refrescos
el hermano de Roberto   venir con nosotros también
tú   poder sacar fotos con tu nueva cámara
Teresa y su hermana   subir a una montaña
mis amigos   divertirse mucho
?   ?

1. _____

2. _____

3. _____

4. _____

5. _____

6. _____

7. _____

8. _____

B. Predicciones

You and some other students are making predictions about the future. Make these predictions by matching the following individuals with the predictions given, then make three original predictions of your own!

Modelo: Pablo / ser presidente de los Estados Unidos.
             Pablo será presidente de los Estados Unidos.

yo   casarse con un hombre (mujer) rico(a)
Luisa   tener una profesión interesante
Uds.   hacer un viaje a España
tú   estar muy contentos
nosotros   vivir en México
?   ?

1._____

2._____

3._____

4._____

5._____

6._____

7._____

8._____

C. Usted es un cura

Imaging that you are a priest in a Latin American country. Tell what you would or would not do, and include two additional ideas.

Modelo: fomentar una revolución social
             Yo fomentaría una revolución social.

1. apoyar una dictadura militar

_____

2. ayudar a los pobres

_____

3. dar dinero a los hospitales

_____

4. participar en la política

_____

5. hacer reformas sociales

_____

6. querer mejorar la vida diaria de la gente

_____

7. (otra posibilidad)

_____

8. (otra posibilidad)

_____

D. El año escolar

You and your friends have not done well in your classes this year. Tell what you would do differently by matching the people on the left with the actions on the right. Add two other suggestions.

Modelo: Yo / estudiar más
         Yo estudiaría más.

nosotros	hacer los ejercicios todos los días
Teresa	comportarse mejor
Miguel	escuchar con más cuidado en las clases
tú	mirar menos televisión
usted	hacer la tarea todas las noches
todos	ir a la biblioteca con más frecuencia
?	?

1. _____

2. _____

3. _____

4. _____

5. _____

6. _____

7. _____

8. _____

E. *Opinión personal*

Using a form of the verb *gustar*, *faltar*, *encantar*, or *importar*, state your positive or negative reaction to each of the following items.

Modelo: dinero
Me gusta el dinero. o **No me importa el dinero.**

1. la religión   6. bailar y cantar

2. la comida mexicana   7. mirar la televisión

3. España y México   8. leer y escribir

4. mi novio(a)   9. estudiar

5. la política   10. viajar

1. _____

2. _____

3. _____

4. _____

5. _____

6. _____

7. _____

8. _____

9. _____

10. _____

Materiales auténticos

"Tests" relacionados con las habilidades personales

- ¿Es Ud. una persona social?
- ¿Respeta Ud. los derechos y las ideas de los demás?
- ¿Sufre Ud. una falta de seguridad en situaciones sociales?
- ¿Tiene Ud. lo que es necesario para tener éxito en situaciones sociales?

Tome Ud. este test para ver si Ud. es una persona de habilidades sociales. Después de tomar el test, compare Ud. los resultados con un(a) compañero(a) de clase. ¿Cómo es él(ella)? Ahora, conduzca una encuesta de la clase, escribiendo los resultados en la pizarra. ¿Cuántas personas tienen buenas habilidades sociales? ¿A cuántas personas les falta la seguridad en sí mismos en situaciones sociales? ¿Cómo es la mayor parte de la clase?

TEST PARA DETERMINAR EL GRADO DE HABILIDADES SOCIALES

¿Es usted una persona sociable? ¿Normalmente utiliza las conductas más adecuadas para relacionarse de forma efectiva con los demás? ¿Sabe relacionarse defendiendo sus derechos y respetando los de los demás?

Procedimiento

Para realizar este test deberá señalar una opción única entre las tres alternativas que tiene. Es necesario que sus respuestas reflejen fielmente sus conductas, pensamientos y actitudes más generales.

III. Estás en la consulta del médico y te encuentras a un conocido que te cae bastante bien. Os saludáis y después de preguntar qué hace allí y hablar unos minutos, se produce un silencio. Él es un poco tímido.

A. No sé cómo romper esos silencios.
B. Cuando se produce un silencio así, me bloqueo sintiendo mucha tensión, y creo que los demás lo notan.
C. Ante estos silencios, normalmente dejo que sea el otro quien hable. Si se mantiene el silencio, le pregunto cualquier cosa y empezamos a hablar otra vez.

IV. Estás en una fiesta en la que hay bastante gente; un amigo tuyo te presenta a un grupo de personas, te saludan y hablan contigo de cualquier cosa. ¿Cómo actúas cuando han pasado unos minutos?

A. Hablaría poco. Generalmente no suelo hablar, aunque se me ocurren cosas que decir.
B. Me siento incómodo, tenso e intranquilo. Empiezo a pensar en alguna excusa para escapar de esta situación.
C. Hablaría bastante, y escucharía otras veces. Intentaría divertir o entretener al grupo.

V. Estás con un grupo de desconocidos charlando sobre cualquier tema interesante y te gustaría hacer un comentario.

A. Me da corte hablar en estas situaciones. Generalmente no lo digo, espero a que me pregunten.
B. Lo intento, pero muchas veces no consigo que me presten atención.
C. Hago todos los comentarios que quiero cuando me apetece.

I. Estás esperando sacar las entradas de un concierto: vas a tener que esperar bastante tiempo. Te gustaría iniciar una conversación con la gente que hay alrededor para pasar mejor el rato.

A. Muchas veces no lo hago porque no se me ocurre de qué hablar.
B. Intento hablar de algo, pero me pongo nervioso y no lo hago tan bien como quisiera.
C. Hablo de cualquier cosa: normalmente la gente me responde amigablemente.

II. Has quedado con un amigo y se presenta alguien que no conoces. Tu amigo tiene que ausentarse durante unos minutos para hacer un recado y te encuentras solo con la otra persona.

A. Me resulta difícil encontrar temas para iniciar una conversación.
B. Hablo con ella, pero me noto inseguro, nervioso e intranquilo.
C. Me pongo a charlar tranquilamente sobre cualquier tema intrascendente.

• •

VI. Estás reunido con un grupo de amigos hablando sobre un tema que no te interesa. Como te aburres, te gustaría hablar de otra cosa.

 A. Les digo que son una lata, que se callen de una vez.
 B. Intento hablar de otra cosa, y si nadie me sigue, me voy.
 C. Les sugiero que el tema no me interesa y propongo cambiar de conversación dando alternativas.

VII. Te encuentras con un buen amigo y comienza a contarte algo muy importante que le ha pasado. El problema es que tú tienes una cita a la que no puedes faltar y vas justo de tiempo.

 A. Le digo que ahora no puedo escucharle, que tengo prisa y me voy. Mi amigo se queda un poco cortado.
 B. Me pongo muy nervioso, no sé si explicárselo. Cuando se lo digo, me sale mal.
 C. Le digo que me gustaría charlar con él más tiempo y con tranquilidad, que ahora tengo una cita y voy justo de tiempo. Quedáis para otro momento.

VIII. Cuando una conversación deriva hacia temas más personales o íntimos...

 A. No me gusta que la gente me cuente sus problemas y suelo cortarles; yo tampoco les cuento los míos.
 B. Me resulta casi imposible contarle mis problemas a alguien. Este tipo de conversaciones me resultan embarazosas, si hablo me noto tenso y poco natural.
 C. Me encuentro a gusto en este tipo de conversaciones. Escucho con interés lo que el otro comenta y hablo sin dificultad sobre mí mismo.

IX. He conocido a una persona y me gustaría tener una relación más personal con ella.

 A. No se me ocurre cómo hacerlo.
 B. Me pongo nervioso con sólo pensar en hacerlo. Las pocas veces que lo intento se nota que estoy intranquilo.
 C. Aprovecho los momentos oportunos para introducir temas que favorezcan una relación más íntima.

X. Un conocido tuyo te ha criticado delante de unos amigos y tú te has enterado. Quieres decirle que no te ha gustado nada.

 A. Cuando le veo le pongo verde, y si se le ocurre contestarme me lío a tortazos con él.
 B. Cuando intento decírselo me bloqueo, porque pienso que no voy a saber exponérselo como a mí me gustaría.
 C. Tranquilamente le digo que no me ha gustado nada su forma de criticarme.

Interpretación de los resultados

Para interpretar los resultados deberá contabilizar la frecuencia y el número de veces que ha señalado, durante las diez afirmaciones, las letras A, B y C.

Si ha obtenido una mayor frecuencia de respuestas A:

Usted presenta alta tendencia a precipitarse, trata de imponer sus criterios sin dialogar y no suele escuchar a los demás. Necesita reflexionar sobre lo poco adecuado de sus conductas y aprender a ponerse en el lugar de los demás. Piense que, para una convivencia agradable, es necesario respetar los derechos de los demás. Esto no quiere decir que usted pierda los suyos.

Si ha obtenido una mayor frecuencia de respuestas B:

Su gran problema es la falta de seguridad en sí mismo; por ese motivo, en las situaciones más críticas se siente intranquilo, nervioso o inhibe sus propios deseos. Debe aprender a controlar sus propios pensamientos y a detectar aquellas ideas irracionales que le impulsan a pensar que no va a saber actuar o que los demás se van a decepcionar con sus conductas o afirmaciones. Cuanto más natural se muestre, su imagen ante los demás mejorará y se sentirá mucho más sereno y seguro.

Si ha obtenido una mayor frecuencia de respuestas C:

Usted domina gran parte de las habilidades necesarias para tener éxito en sus relaciones sociales. Sabe defender sus propias ideas respetando las de los demás. Es comprensivo y receptivo ante los problemas ajenos, sin tener por qué compartirlos. No obstante, no se olvide de que a veces es necesario decir que no, y que una retirada a tiempo puede ser una victoria. No confíe demasiado en sus posibilidades y recuerde que cada nueva persona que conozca es siempre diferente a todas las conocidas hasta el momento.

UNIDAD 4

Aspectos de la familia en el mundo hispánico

 Ejercicios de laboratorio

Diálogo

Listen to the following conversation.

You will now hear some incomplete sentences, each followed by three possible completions. Choose the most appropriate completion and circle the corresponding letter in your lab manual. You will hear each sentence and its possible completions twice. Now begin.

1. a b c   4. a b c

2. a b c   5. a b c

3. a b c

Now repeat the correct answers after the speaker.

Estructura

A. *The present progressive tense*

Restate each sentence you hear, changing the verb to the present progressive tense. Repeat the correct answer after the speaker.

Modelo: Leemos la Biblia.
            Estamos leyendo la Biblia.

1. _____   4. _____

2. _____   5. _____

3. _____   6. _____

7. _____   9. _____

8. _____   10. _____

B. The past progressive tense

Restate each sentence you hear, changing the verb to the past progressive tense. Repeat the correct answer after the speaker.

Modelo: Elena sigue rezando.
                 Elena seguía rezando.

1. _____   4. _____

2. _____   5. _____

3. _____

C. The present perfect tense

Restate each sentence you hear, changing the verb to the present perfect tense. Repeat the correct answer after the speaker.

Modelo: Vimos esa película italiana.
                 Hemos visto esa película italiana.

1. _____   6. _____

2. _____   7. _____

3. _____   8. _____

4. _____   9. _____

5. _____   10. _____

D. The pluperfect tense

Restate each sentence you hear, changing the verb to the pluperfect tense. Repeat the correct answer after the speaker.

Modelo: Fueron al cine por la tarde.
                 Habían ido al cine por la tarde.

1. _____   6. _____

2. _____   7. _____

3. _____   8. _____

4. _____   9. _____

5. _____   10. _____

E. The use of acabar de

Answer the following questions, using the present tense of *acabar de* in your answers. Repeat the correct answer after the speaker.

Modelo: ¿Cuándo fueron al cine?
Acaban de ir al cine.

1. _____   4. _____

2. _____   5. _____

3. _____

F. The long or stressed form of the possessive adjective

Answer each of the following questions in the affirmative, using the stressed form of the possessive adjective. Repeat the correct answer after the speaker.

Modelo: Su tío va a acompañarlos.
Un tío suyo va a acompañarlos.

1. _____   5. _____

2. _____   6. _____

3. _____   7. _____

4. _____

G. The possessive pronoun

Answer each of the following questions in the affirmative, using the possessive pronoun. Repeat the correct answer after the speaker.

Modelo: ¿Es de Concha esta casa?
Sí, es suya.

1. _____   6. _____

2. _____   7. _____

3. _____   8. _____

4. _____   9. _____

5. _____   10. _____

H. Hacer and hay with weather expressions

Answer the following questions, using one of the forms of *mucho* in your reply. Repeat the correct answer after the speaker.

Modelo: ¿Hace frío hoy?
Sí, hace mucho frío.

1. _____   3. _____

2. _____   4. _____

5. _____   7. _____

6. _____   8. _____

I. *The use of* hacer *in time expressions*

Answer each of the following questions affirmatively, using a form of *hacer* in your reply. Repeat the correct answer after the speaker.

Modelo: ¿Cuándo viste la película? ¿Hace un año?
                Sí, hace un año que vi la película.

1. _____   5. _____

2. _____   6. _____

3. _____   7. _____

4. _____   8. _____

Ejercicio de comprensión

You will now hear four short passages, followed by several true-false statements each. Listen carefully to the first passage.

   Indicate whether the following statements are true or false by circling either *V (verdadero)* or *F (falso)* in your lab manual. You will hear each statement twice.

1. V   F

2. V   F

Listen carefully to the second passage.

Now circle either *V* or *F* in your lab manual.

3. V   F

4. V   F

Listen carefully to the third passage.

Now circle either *V* or *F* in your lab manual.

5. V   F

6. V   F

7. V   F

Listen carefully to the fourth passage.

Now circle either *V* or *F* in your lab manual.

8. V   F

9. V   F

𝕰jercicios escritos

I.   *The progressive tenses*

Change the verbs in the following sentences to a form of the progressive using the auxiliary verb *estar*.

1. La nieve cae sobre las montañas.

_____

2. Carlos no escuchaba las palabras del tío.

_____

3. Los jóvenes dormían durante la película.

_____

4. Nosotros decimos la verdad.

_____

5. Miguel lee un artículo sobre las películas surrealistas.

_____

6. Las mujeres hacían muchos platos ricos para la cena.

_____

7. El cura pedía limosna a la gente.

_____

8. ¿Traes el dinero para las entradas?

_____

9. Todos mis parientes viven en el campo.

_____

10. Los pobres sentían el frío intenso.

_____

Complete each of the following sentences with the appropriate form of the progressive.

1. Después del concierto, el pianista *(kept on playing)* _____.

2. Mi tío *(is gradually earning)* _____ más y más dinero.

3. Los curas *(are going around asking for)* _____ su apoyo.

4. Yo *(keep on making)* _____ los mismos errores todos los días.

5. Nuestras costumbres *(are gradually changing)* _____.

II. *The perfect tenses*

Complete with the Spanish verb form that corresponds to the English form in parentheses.

1. Ella dijo que *(had see)* _____ la película.

2. Su madre no *(would have made)* _____ su plato favorito.

3. Mis primos *(had opened)* _____ el paquete en vez de esconderlo.

4. Los jóvenes *(will have solved)* _____ el problema antes de salir.

5. Él me *(has told)* _____ la misma cosa muchas veces.

6. Ellos *(had discovered)* _____ que no había café en casa.

7. Nosotros les *(have written)* _____ muchas cartas.

8. Al oir eso, yo *(would have gotten angry)* _____.

9. Teresa *(will have put)* _____ la composición en el escritorio del profesor.

10. Los invitados *(have broken)* _____ todos los vasos.

11. Su madre *(will have returned)* _____ para las diez.

12. Yo *(have heard)* _____ la misma conferencia muchas veces.

13. El profesor *(has read)* _____ todas las obras de Cervantes.

14. Yo *(would have believed)* _____ lo que él dijo.

15. Carlos *(has brought)* _____ los boletos para el cine.

III. Uses of the past participle

Complete with the past participle used as an adjective or used with a form of *estar* to describe the result of a previous action.

1. Las joyas *(made)* _____ a mano son de España.

2. Tenemos que memorizar el diálogo *(written)* _____ en esta página.

3. Los cheques *(signed)* _____ están en la mesa. (firmar)

4. Los estudiantes deben practicar con sus libros *(closed)* _____.

5. Toda la comida *(is prepared)* _____ para la cena. Mamá la preparó anoche.

6. Carlos compró las entradas. Ahora las entradas *(are purchased)* _____.

7. Concha lavó los platos. Los platos ya *(are washed)* _____.

8. José escribió el ejercicio. El ejercicio ya *(is written)* _____.

IV. Possessive adjectives and pronouns

Complete with the Spanish equivalents of the words in parentheses.

1. *(My)* _____ libros están aquí. ¿Dónde están *(yours)* _____?

2. Un tío *(of ours)* _____ va a visitarnos mañana. *(Our)* _____ tía está enferma y no puede venir.

3. *(Her)* _____ películas favoritas son francesas. *(Mine)* _____ son inglesas.

4. ¿Dónde está *(my)* _____ pluma? Ésta es *(hers)* _____.

5. Un abuelo *(of mine)* _____ vive en la capital, pero *(his)* _____ vive cerca de aquí.

6. *(His)* _____ novia sabe preparar platos mexicanos. *(Mine)* _____ no sabe cocinar.

7. *(Their)* _____ padres y *(mine)* _____ salen mañana para el Brasil.

8. *(His)* _____ maletas y *(ours)* _____ están en el cuarto.

V. Interrogative words

Complete with the Spanish interrogative words that correspond to the English words in parentheses.

1. ¿*(Who)* _____ son esos hombres?

2. ¿*(What)* _____ película prefieres ver?

3. ¿*(About whom)* _____ están hablando?

4. ¿(How many) _____ boletos tiene Carlos?

5. ¿(To whom) _____ mandó Laura la carta?

6. ¿(How much) _____ tiempo necesitas para terminar?

7. ¿(With whom) _____ quieren ir al cine?

8. ¿(What) _____ es un verbo reflexivo?

9. ¿(How) _____ se toca la guitarra?

10. ¿(Where) _____ está el monumento histórico?

11. ¿(When) _____ sale el avión para Buenos Aires?

12. ¿(Where) _____ van sus amigos con tanta prisa?

13. ¿(Why) _____ quieres ir de compras hoy?

14. ¿(For what) _____ sirve este libro?

15. ¿(Which) _____ de estas dos blusas prefiere Ud.?

VI.   *Expressions with* hacer *and* tener

Write the following in Spanish.

1. When it is sunny, I feel like going to the beach.

_____

2. When it is cold, I am cold.

_____

3. When it is hot, I am hot.

_____

4. When it is windy, I am afraid.

_____

5. When it is very hot, I am very thirsty.

_____

VII. Translation

Write the following sentences in Spanish. Use the *hacer que* or *desde hace* constructions.

1. They have lived in the same house for ten years. When did they buy it?

   _____

   _____

2. His grandparents came to this country fifty years ago. Why did they come?

   _____

   _____

3. We have been looking for the book for five hours. Where is it?

   _____

   _____

4. I have bought all the magazines that contain articles about the new Spanish government. Which ones do you (*fam.*) need?

   _____

   _____

5. She said that she would have done it (*m.*) earlier. Why didn't you (*fam.*) tell her?

   _____

   _____

6. Their uncle saw the films two weeks ago and liked them. Which one do you (*pl.*) want to see?

   _____

   _____

7. The film started forty-five minutes ago. How many minutes are left?

   _____

   _____

8. I have been looking at that woman for fifteen minutes. Who is she?

   _____

   _____

9. Our friends have wanted to go to Europe for many years. Where do you (*fam.*) want to go?

_____

_____

10. Her daughter and mine want to be teachers. What do you want to be?

_____

Actividades creativas

A. Una reunión familiar

You are showing several pictures of a recent family reunion to some of your friends. Explain what each member of your family is doing. Use the present progressive tense. Be imaginative!

Modelo: hermana mayor
Mi hermana mayor está poniendo (*setting*) la mesa.

1. madre: _____

2. padre: _____

3. hermanos: _____

4. abuelo: _____

5. abuela: _____

6. prima: _____

7. tío: _____

8. tía: _____

9. hermana menor y yo: _____

B. Experiencias personales

Using the past perfect tense state five things that you had done before coming to the university. Then state five things that you have done after arriving here using the present perfect tense. Use your imagination!

Modelo: Antes de venir a la universidad, yo había estudiado en una escuela secundaria.
Después de llegar aquí, he aprendido mucho.

Antes de venir a la universidad...

1. _____

2. _____

3. _____

4. _____

5. _____

Después de llegar aquí...

1. _____

2. _____

3. _____

4. _____

5. _____

C. El tiempo

What kind of weather immediately comes to mind when you hear the names of the following places?

Modelo: Siberia
             Hace mucho frío en Siberia.

1. España: _____

2. Alaska: _____

3. el Amazonas: _____

4. los Andes: _____

5. Acapulco: _____

6. Inglaterra: _____

D. Información personal

Write the questions that you had to ask in order to find out the following facts about Carlos.

1. Carlos. _____

2. Es de Chile. _____

3. Es el hijo de un amigo de mi padre. _____

4. Es estudiante aquí. _____

5. Hace tres meses que está aquí. _____

6. Vino el seis de marzo. _____

7. Vino por invitación de mis padres. _____

8. Estudia aquí para ser maestro. _____

9. Vive con mi familia. _____

10. Su clase favorita es la de inglés. _____

Materiales auténticos

Durante los años recientes el papel del padre en la familia ha cambiado mucho. No es decir que la mayor parte de las familias del mundo hispánico no son muy tradicionales con el padre siendo la figura dominante, pero entre las parejas jóvenes, el esposo ayuda más a su esposa con las tareas de la casa. Lea este artículo y conteste las preguntas.

1. Haga una lista de cinco cosas que los papás hacen ahora en la casa para ayudar con el cuidado de los bebés.

   a. _____

   b. _____

   c. _____

   d. _____

   e. _____

2. De todas estas tareas, ¿cuál es para Ud. la tarea más divertida y cuál es la tarea más desagradable? _____

   _____

   _____

3. Según el artículo, ¿a qué contribuye la participación del padre en el cuidado de los niños? _____

   _____

   _____

   ¿Le parece una cosa mala o buena? _____ ¿Por qué?

   _____

4. ¿Por qué es necesario hoy día que el padre ayude más a la madre de la familia? _____

En la actualidad no son sólo las mamás las que se preocupan de darle el alimento al bebé, de sacarlo de paseo en su cochecito, de bañarlo o de levantarse de madrugada a cambiarle los pañales. Cada día que pasa, los papás se van involucrando más y más en el cuidado de los niños pequeños, y muchos son expertos en las labores antes mencionadas... y en muchas otras. Esta actitud es excelente, ya que no sólo estrecha los vínculos entre padres e hijos, sino que también contribuye a la unión de la familia y alivia el trabajo de las mujeres, que con frecuencia se ven agobiadas en la vida moderna por un empleo fuera de casa en adición a las labores propias del hogar.

5. Si Ud. es hombre, ¿piensa ayudar mucho a su esposa después de casarse? _____ ¿Por qué?

_____

_____

Si Ud. es mujer, ¿querrá que su esposo la ayude con las tareas de la casa después de casarse? _____

¿Por qué? _____

_____

_____

_____

UNIDAD 5

El hombre y la mujer en la sociedad hispánica

 Ejercicios de laboratorio

Diálogo

Listen to the following conversation.

You will now hear some incomplete sentences, each followed by three possible completions. Choose the most appropriate completion and circle the corresponding letter in your lab manual. You will hear each sentence and its possible completions twice.

1. a   b   c   **4.** a   b   c

2. a   b   c   **5.** a   b   c

3. a   b   c

Now repeat the correct answers after the speaker.

Estructura

A. The present subjunctive of regular verbs

Restate each of the sentences you hear, placing the word *quizás* at the beginning and changing the verb to the appropriate form of the present subjunctive. Repeat the correct answer after the speaker.

Modelo: Roberto desea comer algo.
                Quizás Roberto desee comer algo.

1. _____   **5.** _____

2. _____   **6.** _____

3. _____   **7.** _____

4. _____   **8.** _____

B. The present subjunctive tense of -ar and -er stem-changing verbs

Restate each of the sentences you hear, placing *tal vez* at the beginning and changing the verb to the appropriate form of the present subjective. Repeat the correct answer after the speaker.

Modelo:　　Pierdes las primeras escenas.
　　　　　　Tal vez pierdas las primeras escenas.

1. _____　　5. _____

2. _____　　6. _____

3. _____　　7. _____

4. _____

C. The present subjunctive of -ir stem-changing verbs

Restate each sentence you hear, placing the word *acaso* at the beginning and changing the verb to the appropriate form of the present subjunctive. Repeat the correct answer after the speaker.

Modelo:　　Lo sienten mucho.
　　　　　　Acaso lo sientan mucho.

1. _____　　5. _____

2. _____　　6. _____

3. _____　　7. _____

4. _____

D. The present subjunctive tense of irregular verbs

Restate each sentence you hear, placing the word *ojalá* at the beginning and changing the verb to the appropriate form of the present subjunctive. Repeat the correct answer after the speaker.

Modelo:　　Roberto no sabe nada.
　　　　　　Ojalá Roberto no sepa nada.

1. _____　　5. _____

2. _____　　6. _____

3. _____　　7. _____

4. _____

E. The commands for usted and ustedes

Change the following statements to formal commands, following the model. Repeat the correct answers after the speaker.

Modelo:　　El señor García me compra dos boletos.
　　　　　　Señor García, cómpreme dos boletos.

1. _____   5. _____

2. _____   6. _____

3. _____   7. _____

4. _____

F. The affirmative command for tú

Change the following statements to affirmative *tú* commands. Repeat the correct answers after the speaker.

Modelo: Carlos me espera.
                Carlos, espérame.

1. _____   5. _____

2. _____   6. _____

3. _____   7. _____

4. _____   8. _____

G. The negative command for tú

Change the following statements to negative *tú* commands. Repeat the correct answers after the speaker.

Modelo: María no se sienta cerca de él.
                María, no te sientes cerca de él.

1. _____   5. _____

2. _____   6. _____

3. _____   7. _____

4. _____

H. The affirmative nosotros command

Give another construction for the "let's" command. Repeat the correct answer after the speaker.

Modelo: Vamos a sentarnos en esas butacas.
                Sentémonos en esas butacas.

1. _____   5. _____

2. _____   6. _____

3. _____   7. _____

4. _____   8. _____

I. *The negative command for* nosotros

Give the negative form of each command you hear. Repeat the correct answer after the speaker.

Modelo: Vamos a sentarnos.
                No nos sentemos.

1. _____   4. _____

2. _____   5. _____

3. _____

J. *Indirect commands*

Change the direct commands to indirect commands. Repeat the correct answers after the speaker.

Modelo: Siéntese, señor Gómez.
                Que se siente el señor Gómez.

1. _____   5. _____

2. _____   6. _____

3. _____   7. _____

4. _____   8. _____

 Ejercicio de comprensión

You will now hear three short passages, followed by several true-false statements each. Listen carefully to the first passage.

Indicate whether the following statements are true or false by circling either *V (verdadero)* or *F (falso)* in your lab manual. You will hear each statement twice.

1. V   F

2. V   F

3. V   F

Listen carefully to the second passage.

Now circle either *V* or *F* in your lab manual.

4. V   F

5. V   F

6. V   F

7. V   F

Listen carefully to the third passage.

Now circle either *V* or *F* in your lab manual.

8. V   F

9. V   F

10. V   F

11. V   F

Ejercicios escritos

I. *The present subjunctive*

Complete with the present subjunctive form of the verb in parentheses.

1. Ojalá que ellos (salir) _____ temprano.

2. Quizás Carlos y Concha (llegar) _____ al cine a tiempo.

3. Tal vez yo no (poder) _____ hacerlo.

4. Ojalá que él me (dar) _____ los boletos.

5. Acaso los estudiantes no (entender) _____ bien la lección.

6. Tal vez nosotros (tener) _____ bastante dinero para comprarlo.

7. Ojalá que ella no (decir) _____ tales tonterías.

8. Quizás nosotros (dormir) _____ mejor en este cuarto.

9. Tal vez ella no (estar) _____ en casa.

10. Ojalá que su tío (saber) _____ el título de la película.

II. *Commands*

Give the affirmative and negative command forms of each of the following verbs as indicated.

	Formal (Ud.)	Familiar (tú)	"Let's"
1. sentarse	Aff. _____	_____	_____
	Neg. _____	_____	_____

2. dar   Aff. _____   _____   _____

            Neg. _____   _____   _____

3. vender   Aff. _____   _____   _____

            Neg. _____   _____   _____

4. poner   Aff. _____   _____   _____

            Neg. _____   _____   _____

5. escribir   Aff. _____   _____   _____

            Neg. _____   _____   _____

6. ir   Aff. _____   _____   _____

            Neg. _____   _____   _____

Answer each of the following questions with an affirmative formal command, changing all object nouns to pronouns in your response.

Modelo: ¿Leo el libro ahora?
               Sí, léalo Ud.

1. ¿Hago las tortillas ahora? _____

2. ¿Escribo las frases ahora? _____

3. ¿Busco el coche ahora? _____

4. ¿Sirvo los refrescos ahora? _____

5. ¿Pido el dinero ahora? _____

Answer each of the questions in exercise B with an affirmative familiar command, changing all object nouns to pronouns in your response.

Modelo: ¿Leo el libro ahora?
               Sí, léelo.

1. _____   **4.** _____

2. _____   **5.** _____

3. _____

Answer each of the questions in exercise B with a negative familiar command, changing all object nouns to pronouns in your response.

Modelo: ¿Leo el libro ahora?
               No, no lo leas.

1. _____   4. _____

2. _____   5. _____

3. _____

Answer each of the following questions with a "let's" command, first in the affirmative and then in the negative.

Modelo: ¿Comemos el guacamole?
                Sí, comámoslo. No, no lo comamos.

1. ¿Cerramos la puerta? _____

_____

2. ¿Servimos los refrescos? _____

_____

3. ¿Nos levantamos ahora? _____

_____

4. ¿Nos acostamos ahora? _____

_____

III. *Relative pronouns*

Complete with the appropriate relative pronoun.

1. Vicente es el chico _____ estudia en Guadalajara.

2. El periódico _____ está en la mesa es de Colombia.

3. Dan la película en el Cine Mayo, _____ está cerca del centro.

4. El hombre con _____ hablan es el profesor de español.

5. La película de _____ hablo es española.

6. La muchacha a _____ mandó la tarjeta es su novia.

7. Esa mujer _____ está sentada en esa butaca es puertorriqueña.

8. Aquella iglesia, detrás de _____ viven mis abuelos, es muy antigua.

9. Su casa, dentro de _____ hay una fuente, es muy bonita.

10. El novio de la hermana de Pablo, _____ (novio) vive en Acapulco, va a visitarnos este verano.

11. _____ no trabajan mucho, ganan poco.

12. No puedo entender _____ él dice.

13. Oyeron un ruido en el pasillo, _____ les pareció extraño.

14. Esa casa, _____ paredes son de ladrillo, es típica de este barrio.

IV. Translation

Write the following sentences in Spanish using the familiar forms for "you."

1. Come here, Raúl. I want to see what you have in your hand.

   _____

   _____

2. Tell me the truth, Concha. Can you understand what he is saying?

   _____

   _____

3. Let's go. I saw a light in the forest, which frightened me a great deal.

   _____

   _____

4. Do it now. He who finishes first will receive a good grade.

   _____

   _____

5. Put the book on the table near the one that is open.

   _____

   _____

6. Don't worry. We will be able to find the book that you lost last night.

   _____

   _____

7. Be quiet. Mary's friend, the one who lives in Los Angeles, wants to speak.

   _____

   _____

8. Follow me. I'll take you to the restaurant that you were talking about (about which you were talking).

_____

_____

9. Have patience. Perhaps in this store they'll have the things that you are looking for.

_____

_____

10. Look. There is the man whose aunt is a famous novelist.

_____

_____

Actividades creativas

A. Ojalá

Using *ojalá (que)* list ten things that you hope your family and/or members of your family may or may not do this year.

Modelo: *Ojalá que mi madre no esté enferma.*

1. _____

2. _____

3. _____

4. _____

5. _____

6. _____

7. _____

8. _____

9. _____

10. _____

B. Hazlo pronto

List five things that your mother normally tells you to do when you are home. Next, list five things that your father tells you to do. Use familiar commands.

Su madre:

1. _____
2. _____
3. _____
4. _____
5. _____

Su padre:

1. _____
2. _____
3. _____
4. _____
5. _____

C. Ud. es profesor(a)

You are the professor of the Spanish class. List six things that you would tell your students to do. Use formal commands.

Modelo: *Escriban Uds. todos los ejercicios.*

1. _____
2. _____
3. _____
4. _____
5. _____
6. _____

Name_____ Date_____ Class_____

𝔐ateriales auténticos

El amor es un concepto abstracto que a veces es difícil definir. Este artículo de la revista *Tú, internacional* presenta unos consejos para mantener el amor entre un hombre y una mujer.

1. Según el artículo. ¿Por qué es necesario que los novios se adapten a los cambios? _____

_____

2. A veces dos personas se casan porque esperan que la relación los salve. ¿Por qué es muy peligroso pensar así?

_____

_____

3. ¿Qué papel hace el tiempo en las relaciones entre un hombre y una mujer? _____

_____

4. Si alguien mal intencionado empieza un rumor malo de un miembro de una pareja ¿qué debe hacer la pareja para evitar problemas?

_____

_____

5. Si tú tienes un(a) novio(a) ¿piensas que los consejos presentados en este artículo pueden ayudarlos a resolver cualquier problema que Uds. tengan?

_____

¿Por qué? _____

_____

_____

_____

El hombre y la mujer en la sociedad hispánica ■ 67

Se aman, se comprenden... ¡y son dichosos!!! ¿Cuál es la fórmula de esos amores "perfectos"?

SE ADAPTAN A LOS CAMBIOS. Estas personas no se resisten al paso del tiempo y los cambios que éste conlleva. Una relación jamás puede permanecer estática, puesto que sus integrantes —él y ella— van evolucionando con el tiempo. Por lo mismo, la relación también debe evolucionar para adaptarse a las necesidades de la pareja. Aquéllos que se aferran al pasado, se quedan rezagados mientras ven con tristeza cómo avanza el ser amado... y los deja atrás.

NO ESPERAN QUE LA RELACIÓN LOS "SALVE". La chica que no soporta vivir con sus padres, espera que el matrimonio la "rescate"; el muchacho que ha caído en el vicio del alcohol, desea que la relación amorosa lo aleje de la botella... Estos son sólo dos casos de personas que van al noviazgo o matrimonio con la esperanza de que éste los "salve". Si éste los motiva a hacer algo positivo para cambiar o superar un problema, SI es una ayuda. Pero si esperan pasivamente a que el matrimonio, por ejemplo, resuelva sus conflictos o los convierta en mejores seres humanos sin mover un dedo para lograrlo... pierden el tiempo.

SE DEDICAN TIEMPO. Debemos explicar que esto no quiere decir que estas personas siempre están "pegaditas" —esto limita la relación y hasta llega a cansar a los enamorados más ardientes del mundo—. Se trata de que tanto él como ella vivan su vida a plenitud y compartan lo mejor de su tiempo libre con la persona amada. En otras palabras: pasar tiempo juntos es una prioridad en sus vidas, no una obligación o un "deber" que se realiza por costumbre o inercia.

DESOYEN CHISMES DESTRUCTIVOS. ¡Cuántas parejas se desbaratan porque prestan oído a personas mal intencionadas —o mal informadas— que propagan chismes "incendiarios"! Este error no lo cometen las parejas felices. Como ellas se comunican y viven con las "puertas" del corazón abiertas para el ser amado, éste no hace caso a las murmuraciones. Si desea aclarar algún rumor, va directamente a su pareja y el asunto no trasciende. Las parejas infelices sí hacen caso a los chismes. Por eso duran poco.

UN ANÁLISIS

Ya conoces los secretos. Ahora sólo nos queda pedirte que analices por qué surgen los conflictos en tu relación y repases esta lista. ¿En qué área están fallando tú y tu novio...? Ya tienen en sus manos la solución... Ahora, dedíquense a vivir un gran romance.

UNIDAD 6

Costumbres y creencias

 Ejercicios de laboratorio

Diálogo

Listen to the following conversation.

You will now hear some incomplete sentences each followed by three possible completions. Choose the most appropriate completion and circle the corresponding letter in your lab manual. You will hear each sentence and its possible completions twice. Now begin.

1. a   b   c   **4.** a   b   c

2. a   b   c   **5.** a   b   c

3. a   b   c

Now repeat the correct answers after the speaker.

Estructura

A.   *Formation of the imperfect subjunctive tense*

Listen to the base sentence, then substitute the subject given, making the verb agree with the new subject. Repeat the correct answer after the speaker.

Modelo: Dudaba que Pablo asistiera al velorio.
Pablo y María
Dudaba que Pablo y María asistieran al velorio.

tú
Dudaba que tú asistieras al velorio.

1. _____   **3.** _____

2. _____   **4.** _____

B.   More on the imperfect subjunctive tense

Listen to the base sentence. When you hear a new verb, restate the sentence substituting the new verb for the verb in the noun clause. Repeat the correct answer after the speaker.

Modelo: Pablo deseaba que fueran.
                salir
                Pablo deseaba que salieran.

                estudiar
                Pablo deseaba que estudiaran.

1. _____   3. _____

2. _____   4. _____

C.   Sequence of tenses and use of the imperfect subjunctive tense

Following the cue provided, restate each sentence you hear, using the imperfect subjunctive tense in the noun clause. Repeat the correct answer after the speaker.

Modelo: Dudo que lleguen hoy. Dudaba...
                Dudaba que llegaran hoy.

1. _____   6. _____

2. _____   7. _____

3. _____   8. _____

4. _____   9. _____

5. _____

D.   Formation of the present perfect subjunctive

Replace the present subjunctive in each sentence you hear with the present perfect subjunctive tense. Repeat the correct answer after the speaker.

Modelo: Dudo que estén aquí.
                Dudo que hayan estado aquí.

1. _____   4. _____

2. _____   5. _____

3. _____

E.   Formation of the past perfect subjunctive tense

In each of the sentences you will hear, replace the imperfect subjunctive with the past perfect subjunctive. Repeat the correct answer after the speaker.

Modelo: No creía que vinieran.
                No creía que hubieran venido.

1. _____   4. _____

2. _____   5. _____

3. _____

F.   More on the sequence of tenses

Listen to the base sentence. When you hear a new verb, change the verb in the noun clause to the tense required by the cue. Repeat the correct answer after the speaker.

Modelo: Prefieren que hablemos español.
Prefirieron
Prefirieron que habláramos español.

Preferirán
Preferirán que hablemos español.

1. _____   3. _____

2. _____   4. _____

G.   The subjunctive with impersonal expressions

Listen to the base sentence, then restate the sentence with the impersonal expression you will hear, using the subjunctive whenever it is required. Repeat the correct answer after the speaker.

Modelo: Es verdad que está aquí.
Es posible
Es posible que esté aquí.

Es cierto
Es cierto que está aquí.

1. _____   3. _____

2. _____   4. _____

H.   Negative and affirmative words

Make each sentence you hear negative. Repeat the correct answer after the speaker.

Modelo: ¿Conoces algún refrán?
¿No conoces ningún refrán?

1. _____   4. _____

2. _____   5. _____

3. _____   6. _____

Ejercicio de comprensión

You will now hear three short passages, followed by several true-false statements each. Listen carefully to the first passage.

Indicate whether the following statements are true or false by circling either *V (verdadero)* or *F (falso)* in your lab manual. You will hear each statement twice.

1. V   F   3. V   F

2. V   F   4. V   F

Listen carefully to the second passage.

Now circle either *V* or *F* in your lab manual.

5. V   F   7. V   F

6. V   F   8. V   F

Listen carefully to the third passage.

Now circle either *V* or *F* in your lab manual.

9. V   F   11. V   F

10. V   F   12. V   F

Ejercicios escritos

I. *Imperfect subjunctive*

Write the imperfect subjunctive forms for the following verbs. Use the *-ra* imperfect subjunctive endings.

	Singular	Plural
1. preparar		
2. vender		

3. escribir _____ _____

_____ _____

_____ _____

II. *The subjunctive in noun clauses*

Complete with the correct subjunctive or indicative form of the verb in parentheses. Follow the sequence of tenses.

1. Nosotros esperábamos que ellos (estar) _____ en las exequias.

2. Dudo que tú (poder) _____ encontrarlo.

3. Quieren que yo (ir) _____ con ellos al velorio.

4. Ella sentía mucho que nosotros no (tener) _____ tiempo para acompañarla.

5. Nos alegramos de que Uds. (haber) _____ comprado una casa nueva.

6. Fue evidente que él (ser) _____ un hombre importante.

7. Me escribió que (venir) _____ a visitarlo.

8. Es posible que ellos no (salir) _____ mañana.

9. Temo que Tomás no (haber) _____ asistido al velorio.

10. Agradecería que Ud. le (mandar) _____ una carta.

11. Querían que César (conocer) _____ a Elena.

12. ¿Crees que ellos (haber) _____ vuelto de las exequias?

13. No creemos que ella nos (decir) _____ mentiras.

14. Es verdad que los García no (vivir) _____ en este barrio.

15. Ellos prefieren que todos lo (hacer) _____ con mucho cuidado.

16. Es preciso que los invitados (llegar) _____ a las nueve.

17. Dudábamos que el velorio (empezar) _____ esta tarde.

18. Luz María negó que ellos (haber) _____ visto la película.

19. No es dudoso que sus niños (temer) _____ la muerte.

20. El ladrón no negó que él (robar) _____ muchas cosas.

21. Fue triste que mi vecino (perder) _____ todo su dinero en la lotería.

22. No es cierto que Manuel (conocer) _____ a don Mario.

23. Me aconsejaron que (firmar) _____ el manuscrito.

24. Elena insistió en que César y Manuel (tomar) _____ una copa.

25. Es importante que nosotros (ir) _____ juntos.

III.   Negative and affirmative words

Rewrite the following sentences in the negative, following the model.

Modelo: Tengo algo en la caja.
          No tengo nada en la caja.

1. Hay alguien aquí.

_____

2. Hay algo en el vaso.

_____

3. Tengo algunos libros interesantes.

_____

4. Siempre vas al cine con Carlos.

_____

5. Hablan alemán también.

_____

6. Quieren ir o a la ciudad o al campo.

_____

IV.   Translation

Write the following sentences in Spanish.

1. We hope that he will never do it without asking permission.

_____

2. She insists that none of the students arrive late to class.

_____

_____

3. I doubt that they have received it (m) either.

_____

4. His mother does not want him to go either to the funeral rites or to the wake.

_____

_____

5. It was a pity that Don Mario died so young.

_____

6. My brother denied that Juan had done anything (in order) to help me.

_____

_____

7. I'm afraid that she doesn't know anyone in this city.

_____

8. I am happy that you *(polite)* have begun your composition for tomorrow.

_____

_____

9. They prefer that we accompany them to the wake.

_____

10. He told us to stop by his house after the funeral rites.

_____

 𝒜ctividades creativas

A. *Una fiesta en la nochevieja (New Year's Eve)*

You are an organized person who likes to plan everything in advance. Indicate what you would and would not want to take place at the New Year's Eve party that you are planning.

𝒴odelo: Todo el mundo vendrá a la fiesta.
No quiero que todo el mundo venga a la fiesta.

1. Solamente mis amigos íntimos asistirán a la fiesta.

_____

2. Solamente la familia traerá comida a la fiesta.

_____

3. Una orquesta tocará durante la fiesta.

_____

4. Mi hermana cantará unas canciones populares.

_____

5. Todos los amigos hablarán mucho.

_____

6. Mi familia arreglará la mesa para una cena especial.

_____

7. Mis amigos traerán muchas flores.

_____

8. Habrá muchos taquitos y otros platos típicos.

_____

9. Mis amigos y yo bailaremos en la sala.

_____

10. Los invitados se vestirán con ropa muy formal.

_____

11. La fiesta tendrá lugar en mi casa.

_____

12. Toda la gente tendrá que comer las doce uvas de la felicidad.

_____

13. La fiesta será muy elegante y divertida.

_____

B.   *Un tío rico*

Your rich uncle passed away. In his will he left a great deal of money to each member of your family. He also stated what he hoped each one of you would do with it. Indicate what he hopes each of the following family members will do.

Modelo: sobrino
            Con el dinero espero que mi sobrino pueda asistir a la universidad.

1. hermano: _____

2. sobrina: _____

3. hermana: _____

4. primos: _____

5. tíos: _____

6. cuñada (*sister-in-law*): _____

C. *Obligaciones*

List six things that it was necessary for you to do before you came to class today.

Modelo: *Fue necesario que yo estudiara la lección.*

1. _____
2. _____
3. _____
4. _____
5. _____
6. _____

D. *Otra perspectiva*

Look at your town or area with a critical eye. What might a visitor not like about it? Using negatives you know (*nada, nadie, ninguno, tampoco, nunca,* etc.), write five sentences that indicate your opinion.

Modelo: *Nunca hay nada que hacer.*

1. _____
2. _____
3. _____
4. _____
5. _____

¿Se basta por sí solo?

Hay quien siempre va a su aire sin importarle nadie y también quienes son incapaces de dar un paso sin coordinarse con los demás. Este test está ideado para saber si está usted preparado para trabajar en equipo. Responda SI cuando crea que su forma habitual de comportamiento se adapta a la correspondiente afirmación, y NO si piensa que no es uno de sus rasgos característicos la respuesta que le proponen

VALORACION

Opción A
Sume un punto por cada una de las respuestas contestadas afirmativamente:
6,9,10,12,13,14,16,17,20

Opción B
Sume un punto por cada una de las respuestas contestadas afirmativamente:
1,2,4,5,7,9,11,18,19

Puntuación alta: tener más respuestas de la opción A. Su perfil es el del «COOPERADOR»
Puntuación baja: tener más respuestas de la opción B. Su perfil es el del «INSOLIDARIO»

1. ¿Suele sentirse incómodo y como si le vigilaran cuando tiene que realizar una actividad laboral con otras personas?
❏ *SÍ* ❏ *NO*

2. ¿Piensa que siempre lleva la razón cuando habla o discute con alguien?
❏ *SÍ* ❏ *NO*

3. ¿Cree que el trabajo en equipo es mejor que el individual?
❏ *SÍ* ❏ *NO*

4. Cuando se empeña en sacar adelante algo que se ha propuesto, ¿puede pasar por encima de quien sea con tal de conseguirlo?
❏ *SÍ* ❏ *NO*

5 ¿Se apropiaría de los resultados obtenidos por el equipo al que pertenece?
❏ *SÍ* ❏ *NO*

6. ¿Defendería a los demás aunque opinen de forma diferente a la suya?
❏ *SÍ* ❏ *NO*

7. ¿Le cuesta alabar el buen trabajo de otro?
❏ *SÍ* ❏ *NO*

8. ¿Suele corregir a la gente que obedece sus órdenes en público?
❏ *SÍ* ❏ *NO*

9. ¿Cuándo los demás se equivocan suele ser comprensivo?
❏ ❏ *NO*

10. ¿Es exigente consigo mismo y corrige sus errores cuando se los hacen ver, aunque después no se lo agradezcan?

❏ *SÍ* ❏ *NO*

11. ¿Cuando las consecuencias de algo que ha hecho son negativas evita afrontarlas?
❏ *SÍ* ❏ *NO*

12. ¿Es capaz de incentivar a sus compañeros de equipo en una empresa especialmente difícil?
❏ *SÍ* ❏ *NO*

13. ¿Es capaz de delegar en sus subordinados y respetar sus decisiones aunque no sean de su completo agrado?
❏ *SÍ* ❏ *NO*

14. ¿Cree que puede formar equipo para trabajar o hacer alguna otra actividad con personas con puntos de vista divergentes a los suyos?
❏ *SÍ* ❏ *NO*

15. ¿Cree que es enriquecedor en cualquier actividad contar con puntos de vista distintos a los suyos?
❏ *SÍ* ❏ *NO*

16. ¿Le parece acertada la afirmación: «La multiplicación de los puntos de vista enriquece lo visto»?
❏ *SÍ* ❏ *NO*

17. ¿Cree que podría llegar a desarrollar habilidades cooperativas y renunciar al espíritu de competición?
❏ *SÍ* ❏ *NO*

18. ¿Si le hacen ver un error que ha cometido es capaz de rectificar sin problemas?
❏ *SÍ* ❏ *NO*

19. ¿Es desagradecido cuando le hacen algún favor o le dan un regalo?
❏ *SÍ* ❏ *NO*

20. ¿Cuando tiene que tomar una decisión importante pide opinión a sus amigos antes de lanzarse?
❏ *SÍ* ❏ *NO*

EL COOPERADOR
Le gusta el trabajo en equipo, compartir los puntos de vista de los demás y sentirse respaldado en las decisiones que tiene que tomar. Disfruta con su grupo de compañeros, odia los protagonismos y ama las responsabilidades compartidas. No es nada competitivo y para usted la vida no es una carrera de obstáculos donde siempre tiene que ser el primero.

EL INSOLIDARIO
Para usted todo es una competición. Siempre quiere ser el primero de la lista y no le importa pasar por encima de quien haga falta para conseguirlo. Conclusión: es individualista e insolidario. No sabe trabajar en equipo y es mejor que no lo haga porque seguro que intentaría apuntarse los tantos de sus compañeros. Lo más apropiado es que trabaje solo.

Materiales auténticos

¿Qué clase de persona es Ud.? ¿Perfiere trabajar en un grupo o prefiere trabajar solo? Haga la encuesta aquí para ver si Ud. es **cooperador** *(cooperative, team worker)* o es Ud. un **insolidario** *(loner, likes to work alone)*.

Después de hacer la encuesta, compare Ud. sus resultados con los otros estudiantes de la clase. ¿Cuántos son cooperadores y cuántos son insolidarios?

UNIDAD 7

Aspectos económicos de hispanoamérica

 Ejercicios de laboratorio

Diálogo

Listen to the following conversation.

　You will now hear some incomplete sentences, each followed by three possible completions. Choose the most appropriate completion and circle the corresponding letter in your lab manual. You will hear each sentence and its possible completions twice.

1. a　b　c　　　　　　　　　　4. a　b　c

2. a　b　c　　　　　　　　　　5. a　b　c

3. a　b　c　　　　　　　　　　6. a　b　c

Now repeat the correct answers after the speaker.

Estructura

A.　The subjunctive in adjective clauses with indefinite antecedents

Following the model, change the verb in the adjective clause to the subjunctive, to show that the antecedent is now indefinite. Repeat the correct answer after the speaker.

Modelo:　　José tiene un libro que le gusta. Busca...
　　　　　　　José busca un libro que le guste.

1. _____　　　5. _____

2. _____　　　6. _____

3. _____　　　7. _____

4. _____　　　8. _____

B. The subjunctive in adjective clauses with negative antecedents

Following the model, change the verb in the adjective clause to show that the antecedent is negative. Repeat the correct answer after the speaker.

Modelo: Hay una clase que le gusta. No hay ninguna clase...
           No hay ninguna clase que le guste.

1. _____   3. _____

2. _____   4. _____

C. The subjunctive after indefinite expressions

Listen to the base sentence. When you hear a new verb, repeat the sentence, replacing the verb that follows the indefinite expression with the correct form of the new verb. Repeat the correct answer after the speaker.

Modelo: Cuandoquiera que vengan, los voy a acompañar.
           salir
           Cuandoquiera que salgan, los voy a acompañar.

           entrar
           Cuandoquiera que entren, los voy a acompañar.

1. _____   3. _____

2. _____   4. _____

D. Simple prepositions

Answer the following questions affirmatively. Repeat the correct answer after the speaker.

Modelo: ¿Van con nosotros al cine?
           Sí, van con nosotros.

1. _____   6. _____

2. _____   7. _____

3. _____   8. _____

4. _____   9. _____

5. _____   10. _____

E. Compound prepositions

Listen to the base sentence, then substitute the prepositional phrase indicated. Repeat the correct answer after the speaker.

Modelo: Fuimos antes de estudiar.
           después de
           Fuimos después de estudiar.

1. _____   3. _____

2. _____

F. *The uses of* por *and* para

Answer the following questions affirmatively. Repeat the correct answer after the speaker.

Modelo: ¿Por quién lo hiciste? ¿Por él?
Sí, lo hice por él.

1. _____   6. _____

2. _____   7. _____

3. _____   8. _____

4. _____   9. _____

5. _____

Ejercicio de comprensión

You will now hear three short passages, followed by several true-false statements each. Listen carefully to the first passage.

Indicate whether the following statements are true or false by circling either *V (verdadero)* or *F (falso)* in your lab manual. You will hear each statement twice.

1. V   F   4. V   F

2. V   F   5. V   F

3. V   F

Listen carefully to the second passage.

Now circle either *V* or *F* in your lab manual.

6. V   F

7. V   F

8. V   F

Listen carefully to the third passage.

Now circle either *V* or *F* in your lab manual.

9. V   F

10. V   F

11. V   F

12. V   F

Ejercicios escritos

I. The subjunctive in adjective clauses

Complete with the correct form of the verb in parentheses. Use either the indicative or the subjunctive mood, depending upon the antecedent being modified by the adjective clause.

1. Busca una escuela que (ser) ＿＿＿＿＿＿＿ buena.

2. No hay ninguna tierra que (valer) ＿＿＿＿＿＿＿ más que ésta.

3. No conozco a nadie que se (haber) ＿＿＿＿＿＿＿ mudado a la capital.

4. Estoy seguro de que hay alguien que (querer) ＿＿＿＿＿＿＿ comprar la choza.

5. La señora Ortiz quería un vestido que (ser) ＿＿＿＿＿＿＿ hecho a mano.

6. He leído un libro que (tratar) ＿＿＿＿＿＿＿ de la situación económica.

7. El jefe quiere emplear a una secretaria que (saber) ＿＿＿＿＿＿＿ español.

8. Su padre quiere una vida que (ofrecer) ＿＿＿＿＿＿＿ más oportunidades.

9. Mi hermano quiere vender el coche que él (comprar) ＿＿＿＿＿＿＿ el año pasado.

10. Conocemos a una mujer que (poder) ＿＿＿＿＿＿＿ decírnosla.

11. Buscábamos un restaurante que (servir) ＿＿＿＿＿＿＿ comida francesa.

12. ¿Hay un cine que (dar) ＿＿＿＿＿＿＿ películas italianas?

13. Había necesidad de alguien que (saber) ＿＿＿＿＿＿＿ de ingeniería.

14. Encontraron a un maestro que lo (explicar) ＿＿＿＿＿＿＿ bien.

15. Cualquier persona que (tener) ＿＿＿＿＿＿＿ ese número, ganará.

16. Por muy rico que (ser) ＿＿＿＿＿＿＿, él no gasta mucho dinero.

17. Cuandoquiera que ellos (salir) ＿＿＿＿＿＿＿, estaré contenta.

18. Dondequiera que Uds. (ir) ＿＿＿＿＿＿＿, ella querrá ir también.

19. Pensamos visitar el museo que (estar) ＿＿＿＿＿＿＿ en esa esquina.

20. Por muy enfermo que (estar) ＿＿＿＿＿＿＿, no quiere ver a un médico.

II. Por *and* para

Complete with either *por* or *para,* depending upon the meaning of the sentence.

1. Me tomaron _____ extranjero.

2. Salimos mañana _____ la capital.

3. _____ un hombre de sesenta años, baila bien.

4. Fue a la lechería _____ leche.

5. Nos quedan tres artículos _____ leer.

6. Cada domingo nos paseamos _____ las montañas.

7. Les mandó la carta _____ avión.

8. La comida fue preparada _____ el cocinero francés.

9. Es una caja _____ joyas.

10. Ella estudia _____ pianista.

11. Vendieron la choza _____ ochenta pesos.

12. Cuando estoy en la ciudad siempre la llamo _____ teléfono.

13. Los campesinos lo hicieron _____ su patrón.

14. Roberto tiene un regalo _____ su novia.

15. Lo leí _____ él porque era ciego.

16. Son las ocho y todos están listos _____ salir.

17. Tenían que vender la casa _____ no tener dinero _____ pagar el alquiler.

18. Tenemos que terminar la composición _____ el viernes.

19. Todos mis amigos están _____ ir a España el año que viene.

20. Ellos sufren mucho _____ ser tan pobres.

21. La música es _____ todos.

22. La tarea todavía está _____ terminar.

23. La vi anoche _____ primera vez.

24. Tengo aquí una copa de plata _____ vino.

III. Prepositional pronouns

A. Nonreflexive
Complete each sentence with a nonreflexive prepositional pronoun.

1. Los estudiantes no pueden estudiar sin (them) _____. (libros)

2. Quieren ir al cine con (us) _____.

3. Entre (you and I) _____ tenemos suficiente dinero para las entradas.

4. Mis amigos quieren comer con (me) _____.

5. Tu tío no puede jugar con (you—fam. sing.) _____ ahora.

6. Ella no quiere mudarse a la ciudad sin (him) _____.

B. Reflexive
Complete each sentence with a reflexive prepositional pronoun construction using a form of *mismo*.

1. Los campesinos lo hacen para (themselves) _____.

2. La señora preparó la comida para (herself) _____.

3. Las mujeres estaban descontentas con (themselves) _____.

4. El profesor nunca habló de (himself) _____.

IV. Translation
Write the following sentences in Spanish.

1. Upon arriving in the city, they started to look for an empty (unoccupied) house.

_____

_____

2. After eating dinner, they went with me to the movies.

_____

3. We asked him for permission before leaving the classroom.

_____

4. Near the city, we saw many people who were living in huts.

_____

5. Instead of waiting for Tomás, they left without him.

_____

6. They want to live on top of a mountain next to a lake.

_____

7. We were walking toward the park when we saw a man in front of the church.

_____

_____

8. In spite of what she had done to him, he said that he couldn't live without her.

_____

_____

9. All their relatives live near them. Because of this they want to find a house that is outside of this neighborhood.

_____

_____

10. It is possible that in that office there is a person who will be able to help you.

_____

_____

 𝔄ctividades creativas

A. *Problema económico*

You have just graduated from college. You have little money, but would like to get married and start a family. Tell some of the things that you need in order to do this. List four more things that you need in addition to what is given here.

𝔐odelo: Necesito...

un empleo / me pagar bien
Necesito un empleo que me pague bien.

Necesito...

1. comprar una casa / no costar mucho

_____

2. casarse con una mujer (un hombre) / ser rica(o)

_____

3. un coche / no usar mucha gasolina

_____

4. un billete de lotería / me ganar mucho dinero

_____

5. encontrar una compañía / me ofrecer la oportunidad de promociones

_____

6. una esposa (un esposo) / saber ahorrar dinero

7. _____

8. _____

9. _____

10. _____

B.   Una compañía nueva

You are forming a new company that will deal in exporting and importing products to and from Hispanic countries. List some of the things that you are looking for in order to start this new enterprise. List four other things that you may need that are not listed here.

Modelo: Busco...
personas / querer invertir (*invest*) dinero en la compañía
Busco personas que quieran invertir dinero en la compañía.

Busco...

1. un edificio / ser grande y nuevo

_____

2. empleados / saber hacer funcionar (*operate*) computadoras

_____

3. secretarias(os) / poder hablar español

_____

4. hombres (mujeres) / tener mucha experiencia en negocios internacionales

_____

5. personas / especializarse en la propaganda

_____

6. gente / servir de representantes para la compañía en Sudamérica

_____

7. _____

8. _____

9. _____

10. _____

C. *La pobreza*

Poverty is a serious problem in many third-world countries. Indicate five things that you feel the poor need in order to better themselves.

Modelo: Los pobres necesitan una educación que sea buena.

1. _____

2. _____

3. _____

4. _____

5. _____

Materiales auténticos

Los problemas económicos de Hispanoamérica son muy serios y estos problemas impiden el progreso social y político de los países que sufren economías malas. Lea los varios artículos del periódico *Excelsior* de México y haga las actividades siguientes.

1. Después de leer el gráfico que trata de la balanza comercial de América Latina en 1991, haga una lista de los países que exportan más de lo que importan.

_____   _____   _____   _____

_____   _____   _____   _____

Aumenta el Valor de los Pasivos Latinoamericanos
Argentina y Brasil Encabezan la Lista

BALANZA COMERCIAL DE AMERICA LATINA 1991*

■■■ EXPORTACIONES — IMPORTACIONES

MEXICO ••
ARGENTINA ••
BOLIVIA ••
BRASIL
COLOMBIA
COSTA RICA
CHILE
ECUADOR
EL SALVADOR ••
GUATEMALA
HONDURAS ••
NICARAGUA ••
PANAMA
PARAGUAY
PERU ••
URUGUAY ••
VENEZUELA

0   6.001   12.002   18.003   24.004   30.005
MILLONES DE DOLARES

ELABORADA POR EXCELSIOR
CON DATOS DE DPA
• ESTIMADO. •• 1990

El PIB Avanzó más de 7% Durante 1991
Acelerado Crecimiento de Perú

LIMA, 5 de enero (IPS). - El producto interno bruto (PIB) de Perú creció 7.8% en noviembre en comparación con igual periodo de 1990, y la inflación de diciembre registró el índice más bajo de los últimos 60 meses, informaron autoridades económicas.

Pese al crecimiento del PIB, hubo dos sectores, Pesquería y Minería, que experimentaron fuertes niveles de caída de la producción con 21.3 y 2.6% negativo, respectivamente, señaló un informe del Instituto Nacional de Estadística e Infomática (INEI).

El descenso en la producción pesquera se debió principalmente a la menor captura de especies destinadas al congelado y enlatado, mientras la restricción en el sector minero fue consecuencia de menores niveles de extracción de petróleo, se indicó en el informe.

La producción acumulada entre enero y noviembre de 1991, experimentó un crecimiento de 2.2% en relación con el año anterior, según el INEI.

Para los observadores, las cifras presentadas evidencian la profundidad de la recesión productiva y de consumo que afecta desde 1989 a la economía peruana, pero, pese a los índices positivos, aún no hay señales claras de reactivación productiva.

En 1990, la caída del PIB fue de 4% negativa y se estima que 1991 tendrá una caída no menor de 2%.

En cuanto a la inflación registrada en diciembre, de 3.7%, se informó que es la más baja alcanzada desde 1986 cuando se obtuvo 3.6% en diciembre.

La inflación durante 1991 fue de 139.2% que contrasta con el 7,649.7% con que finalizó 1990, cifra sobredimensionada debido al efecto del superajuste de precios de agosto, que elevó en un día la inflación en más de 300%.

Félix Murillo, jefe del

SIGUE EN LA PAGINA SIETE

Positivo el Cambio Legal: Pérez Torres
Inversión y Tecnología Intermedia, Bases Para el Desarrollo del Agro

JORGE LOEZA DIAZ

"Las inversiones de capital en el campo que sean redituables y la puesta en marcha de tecnologías intermedias son el binomio adecuado para terminar con las indefiniciones, generalidades y confusiones mismas que propician que la vinculación entre la educación tecnológica y la agroindustria no sea la que está exigiendo, para estos momentos, el desarrollo de México. Nosotros debemos copiar la ruta básica de acción que ha sido la tecnología intermedia porque abre enormes posibilidades de beneficio mutuo ante la reforma del Artículo 27 Constitucio-

nal", dijo el maestro en Ciencias, Carlos Ignacio Pérez Torres, director general de Educación Tecnológica Agropecuaria.

"En estos momentos, subraya el maestro en Ciencias Pérez Torres, es muy difícil, para la agroindustria, improvisar su producción con tecnologías de frontera. Nosotros hemos implantado tecnologías intermedias porque nos permiten, uno, acercarnos al tipo de procesos industriales que ya se están dando en otros países; dos, nos dan la oportunidad de

SIGUE EN LA PAGINA DOCE

Optimismo por el Avance de la Nueva Política Económica

NUEVA YORK, 5 de enero (Reuter) Argentina y Brasil encabezan la lista de países cuya deuda cotizó con mayor firmeza esta semana en el mercado secundario, en un comienzo de año tranquilo.

Las alzas fueron favorecidas en general por un tono más firme en el mercado del tesoro de Estados Unidos.

Brasil recibió impulso del optimismo provocado por la marcha de las medidas económicas acordadas con el Fondo Monetario Internacional (FMI), mientras que los títulos de Argentina aumentaron sus precios ante la posibilidad de que comiencen pronto las conversaciones con los bancos acreedores.

Este optimismo mantuvo en jaque a los vendedores.

"Hemos estado prácticamente fuera de este mercado durante la semana pasada. Todos estamos volviendo a él", dijo un operador.

Las operaciones "fueron reducidas, como en cualquier otro mercado. Cualquiera que tenga una agenda tiene que pagar el precio ofertado", declaró un comisionista.

Los títulos de la deuda brasileña DFA cotizaron a 31.00/31.25 de su valor nominal el jueves, contra 30.875/31.125 el martes. Brasil tiene previsto reanudar sus conversaciones con la banca para reprogramar su deuda tras una interrupción de vacaciones.

El ministro de Economía de Brasil, Marcilio Marques Moreira, previó dificultades en las negociaciones que podrían hacer que éstas se entiendan hasta abril, según informes aparecidos a fines de diciembre en la prensa brasileña. Previamente Brasil esperaba concluir el diálogo para marzo.

Argentina, entretanto, se vio beneficia-

SIGUE EN LA PAGINA TRECE

Programa Comercial con Belice
Definirán en Guatemala el Arancel Común en CA

GUATEMALA, 5 de enero (EFE). - Los ministros de Eonomía de Centroamérica se reunirán en Guatemala el próximo 9 de enero para definir el arancel exterior común para los países de la región, y discutir un programa comercial directo con Belice, se informó hoy, oficialmente.

Guillermo Rodríguez, secretario general de la Secretaría de Integración Económica de Centroamérica (SIECA), dijo que los días 7 y 8 habrá una reunión previa de los dirigentes encargados de los asuntos de Integración.

Los directivos tendrán a su cargo elaborar los documentos que analizarán los ministros de área, quienes tomarán

las decisiones finales en los acuerdos, destacó.

En el caso del arancel común exterior, están previstas tasas de 5, 10, 15 y 20%, aplicables a todos aquellos artículos que entren en Centroamérica provenientes de otros países, con la finalidad de que los consumidores dispongan de más cantidad de productos a menores precios y de buena calidad, dentro de una amplia veriedad, para su selección.

Rodríguez indicó que quedarán exceptuados temporalmente de la reducción de tasas arancelarias algunos productos como los textiles y productos de cuero como cal-

SIGUE EN LA PAGINA OCHO

Tibia Recuperación de la Producción en Argentina
El Programa de Choque Realizado por Cavallo Presentó Resultados Positivos

BUENOS AIRES, 5 de enero (EFE). - La economía argentina vivió en 1991 una tibia recuperación, basada casi exclusivamente en la estabilidad de los mercados y la baja de la inflación, simultánea con una radical profundización de las diferencias sociales.

El incremento del costo de vida alcanzó 84.01% en el año, según informó el Instituto Nacional de Estadísticas y Censos (INDEC), pero la desaceleración de ese índice fue más notoria desde el lanzamiento del plan de convertibilidad.

En efecto, el lo. de abril del año

pasado el ministro de Economía, Domingo Cavallo, lanzó un plan de choque para detener el aumento de los precios, que había llevado por dos veces en dos años a unos procesos de hiperinflación con índices de hasta 200% mensual.

El programa de Cavallo supuso, por una ley del Parlamento, la equiparación de la moneda argentina, el austral, con el dólar estadunidense.

La ley de convertibilidad fue sancionada con el apoyo de la opositora Unión Cívica Radical, el

SIGUE EN LA PAGINA DIEZ

Alza Sustancial de Reservas Monetarias de Chile y México

WASHINGTON, 5 de enero (EFE) Las reservas monetarias y de oro de las naciones de Latinomérica y el Caribe presentaron en 1991 variadas tendencias al alza, estabilidad y baja, según las estadísticas publicadas hoy, por el Fondo Monetario Internacional (FMI).

Chile, Colombia, Costa Rica, República Dominicana, Guatemala, México y Perú mostraron una tendencia al fortalecimiento en sus reservas entre enero y noviembre pasados, según los datos del FMI, mientras que en Bolivia, Ecuador, El Salvador, Honduras y Venezuela se observaron descensos.

Las reservas chilenas mostraron una expansión sostenida: en el primer trimestre de 1991 totalizaban 4,858 millones de Derechos Especiales de Giro (DEG) y en noviembre eran de 4,866, con una ganancia de casi 500 millones en comparación a diciembre de 1990.

El nivel de reservas chilenas en noviembre sobrepasó a Brasil, una nación tradicionalmente exportadora, que en septiembre disponía 4,627 millones de DEG, en comparación a las 4,960 de marzo.

El DEG es una moneda nominal del FMI y es el resultado de una cesta de divisas internacionales, cuya equivalencia en noviembre pasado era de 1.38 dólares por unidad.

México, según los datos disponibles hasta agosto, también registró una tendencia al alza en sus reservas con un total de 10,551 millones de DEG, en comparación a los 8,656 del primer trimestre del año 1990.

Venezuela, otro de los grandes exportadores petroleros de Latinoamérica, también se benefició del alza de los precios en los primeros meses de 1991, con lo que en

SIGUE EN LA PAGINA DIEZ

Primero Logrará la Estabilidad
Modificará el Gobierno de Uruguay el Signo Monetario

MONTEVIDEO, 5 de enero (EFE). - El gobierno uruguayo modificará en el futuro su signo monetario retornando al peso en lugar del actual nuevo peso, y quitando tres ceros a su moneda, anunció hoy el presidente del Banco Central (BCU), Ramón Díaz.

Sin embargo, esa modificación no será por ahora, sino cuando se logre mayor estabilidad, agregó Díaz. Al entrar en vigor la recientemente aprobada rendición de cuentas, el poder ejecutivo quedó habilitado para emitir billetes y monedas sobre la base del peso uruguayo, equivalente a 1,000 nuevos pesos, a partir de que se establezca por decreto.

No será por ahora, sino que habrá que esperar el momento adecuado, de mayor estabilidad, pero es seguro que esa modificación se hará en el actual periodo de gobierno, agregó el lpresidente del BCU.

El actual gobierno asumió en marzo de 1990 para un periodo de cinco años.

Por otro lado se informóque el Indice general de Precios al Consumo (IPC) se incrementó en Uruguay un 3.11% durante el mes de diciembre pasado, lo que determinó que la inflación durante el año 1991 alcanzara 81.45%, anunciaron hoy, portavoces oficiales.

En iguales periodos de 1990 la inflación fue de 5.42 en diciembre y 128.96% para todo el año. La inflación de diciembre fue la más baja en los últimos 31 meses, desde que mayo

SIGUE EN LA PAGINA NUEVE

¿Qué significa esto en cuanto a la economía de cada país?

_____

2. Los artículos mencionan varios países de América Latina y lo que está pasando a su economía. Escriba un resumen de lo que está pasando en cada país según los artículos.

a. la Argentina: _____

_____

b. el Perú: _____

_____

c. el Brasil: _____

_____

d. Chile: _____

_____

e. Uruguay: _____

_____

f. México: _____

_____

3. En su opinión, ¿cómo podemos resolver los problemas económicos del mundo? _____

_____

_____

_____

_____

_____

_____

UNIDAD **8**

Los movimientos revolucionarios del siglo XX

 Ejercicios de laboratorio

Diálogo

Listen to the following conversation.

   You will now hear some incomplete sentences, each followed by three possible completions. Choose the most appropriate completion and circle the corresponding letter in your lab manual. You will hear each sentence and its possible completions twice. Now begin.

1. a   b   c

2. a   b   c

3. a   b   c

4. a   b   c

5. a   b   c

6. a   b   c

Now repeat the correct answers after the speaker.

Estructura

A.   *The subjunctive in adverbial time clauses*

Restate the sentence you will hear, changing the verb in the adverbial time clause as indicated by the cue. Repeat the correct answer after the speaker.

Modelo: Vamos antes de que nos vea.
hablar
Vamos antes de que nos hable.

oír
Vamos antes de que nos oiga.

1. _____

2. _____

3. _____

B. More on adverbial time clauses

After you hear each sentence, change the verb in the main clause to the future tense and the verb in the adverbial time clause to the present subjunctive. Repeat the correct answer after the speaker.

Modelo: Te hablo cuando llegas a la oficina.
          Te hablaré cuando llegues a la oficina.

1. _____   4. _____

2. _____   5. _____

3. _____   6. _____

C. Adverbial time clauses referring to the past

Following the model, change the verbs in the sentences you will hear to the corresponding past tenses. Repeat the correct answers after the speaker.

Modelo: José dice que volverá después que ellos se vayan.
          José dijo que volvería después que ellos se fueran.

1. _____

2. _____

3. _____

D. Demonstrative adjectives

In each sentence replace the definite article with the correct form of the demonstrative adjective *este*. Repeat the correct answer after the speaker.

Modelo: La primaria es muy moderna.
          Esta primaria es muy moderna.

1. _____   4. _____

2. _____   5. _____

3. _____

   Now, replace the definite article with the correct form of the demonstrative adjective *ese*. Repeat the correct answer after the speaker.

1. _____   4. _____

2. _____   5. _____

3. _____

Now, replace the definite article with the correct form of the demonstrative adjective *aquel*. Repeat the correct answer after the speaker.

1. _____ 4. _____

2. _____ 5. _____

3. _____

E. *Demonstrative adjectives and pronouns*

Substitute the new noun you will hear for the noun in the model sentence, changing the demonstrative adjective and pronoun to agree with it. Repeat the correct answer after the speaker.

Modelo: No quiero este libro sino aquél.
lápices
No quiero estos lápices sino aquéllos.

novela
No quiero esta novela sino aquélla.

1. _____ 3. _____

2. _____

F. *The reciprocal construction*

Following the model, change the following sentences to express the idea of a reciprocal action. Repeat the correct answer after the speaker.

Modelo: Emilio habla con su papá todos los días.
Emilio y su papá se hablan todos los días.

1. _____ 4. _____

2. _____ 5. _____

3. _____

G. *The reflexive for unplanned occurrences*

Following the model, use the reflexive *se* construction to indicate an unplanned occurrence. Repeat the correct answer after the speaker.

Modelo: Olvidé el dinero.
Se me olvidó el dinero.

1. _____ 4. _____

2. _____ 5. _____

3. _____ 6. _____

Ejercicio de comprensión

You will now hear two passages, followed by several true-false statements each. Listen carefully to the first passage.

Indicate whether the following statements are true or false by circling either *V (verdadero)* or *F (falso)* in your lab manual. You will hear each statement twice.

1. V   F   3. V   F

2. V   F   4. V   F

Listen carefully to the second passage.

Now circle either *V* or *F* in your lab manual.

5. V   F   8. V   F

6. V   F   9. V   F

7. V   F

Ejercicios escritos

I. Subjunctive and indicative in adverbial time clauses

Complete with the correct form of the verb in parentheses as required by the meaning of the sentence.

1. Ella me llamará en cuanto (llegar) _____ a casa.

2. Los criminales escaparon antes de que nosotros (poder) _____ llamar a la policía.

3. Siempre hay peligro cuando (existir) _____ la injusticia social.

4. Dijo que habría una fiesta después de que nosotros (haber) _____ terminado el examen.

5. Cuando yo (visitar) _____ México, compraré muchas cosas hechas a mano.

6. Mientras los niños (estar) _____ durmiendo, tendremos que hablar en voz baja.

7. Trabajaremos hasta que ellos (venir) _____.

8. Tan pronto como él (recibir) _____ el cheque, pagará la cuenta.

9. Cuando mi hermana va de compras, siempre (comprar) _____ un vestido nuevo.

10. Luego que ellos lo (encontrar) _____, lo secuestraron.

11. Él durmió hasta que su criada lo (despertar) _____.

12. Cuando mis amigos (dar) _____ una fiesta, me invitan.

13. Queremos comer antes de que ellos (salir) _____.

14. Siempre van a la playa cuando (estar) _____ de vacaciones.

15. Estudiarán hasta que (haber) _____ aprendido todo.

16. Los jóvenes bailaban mientras la orquesta (tocar) _____.

17. Harán un viaje a Sudamérica cuando (ganar) _____ bastante dinero.

18. Los pobres lucharán hasta que (conseguir) _____ sus derechos civiles.

19. El padre no trabajará en la fábrica después de que su hijo (graduarse) _____.

20. Tan pronto como la policía (anunciar) _____ el nombre del secuestrado, podremos hacer algo para encontrarlo.

21. Hablaré con ellos cuando (volver) _____ del campo.

22. Ella dijo que podría reconocerlo tan pronto como lo (ver) _____.

23. La escribirán cuando (haber) _____ más tiempo.

24. Iremos a las montañas tan pronto como (hacer) _____ buen tiempo.

25. Vamos a ir al concierto después de que ellos (comer) _____.

II. Demonstrative adjectives and pronouns

Complete with the correct demonstrative adjective or pronoun.

1. (This) _____ es interesante. (That, near you) _____ es aburrido.

2. (That, over there) _____ fábrica produce más que (this one) _____.

3. (This) _____ huelga será más seria que (that one, remote) _____ el año pasado.

4. Quiero vivir en (this) _____ barrio, no en (that one, remote) _____.

5. (Those, over there) _____ periódicos son mejores que (those, near you) _____.

6. (These) _____ montañas son más altas que (those, remote) _____.

7. Quiero comprar (this) _____ novela. No me gustan (those, near you) _____.

8. (That, over there) _____ coche es caro. (This one) _____ es barato.

9. Mi oficina está en (*that, nearby*) _____ rascacielos. La suya está en (*this one*)

   _____ .

10. Preferimos sentarnos en (*that, near you*) _____ silla, no en (*that one, over there*)

    _____ .

III. The reciprocal construction

Write the Spanish equivalent of the words in parentheses.

1. (*We see each other*) _____ cada día en la universidad.

2. (*They wrote to each other*) _____ dos veces por semana.

3. Mi novia y yo (*used to look at each other*) _____ durante la clase.

4. (*They talk to each other*) _____ cuando se ven en el pasillo.

5. (*We help each other*) _____ con las lecciones diarias.

IV. The reflexive for unplanned occurrences

Complete with the reflexive *se* construction corresponding to the English words in parentheses.

1. (*I forgot*) _____ la llave.

2. (*She broke*) _____ los platos nuevos.

3. (*They lost*) _____ todo el dinero.

4. (*He forgets*) _____ los guantes siempre.

5. (*We lost*) _____ los libros ayer.

V. Translation

Write the following sentences in Spanish.

1. When I move to the city, I will buy a house in this neighborhood.

   _____

   _____

2. As soon as he arrived at the hotel he realized that he had lost all of his suitcases.

   _____

   _____

3. We will talk to each other before the class begins.

   _____

   _____

4. They will write to each other after she returns to the United States.

_____

_____

5. My brother and I saw each other before he left for Madrid.

_____

_____

6. The government officials will pay the ransom when he asks for it.

_____

_____

7. He will write another article as soon as you (*polite*) have read this one.

_____

_____

8. I will discuss this problem after we have resolved that one.

_____

_____

9. When he goes downtown he always buys a magazine and reads it in that café.

_____

_____

10. I will wait on that corner until she arrives.

_____

_____

 ## 𝕬ctividades creativas

A. *Problemas mundiales*

You are a speaker at an international youth conference. You are giving your views as to how the world will be a better place in which to live. Using adverbial conjunctions of time such as *cuando, tan pronto como, después que, en cuanto,* etc., express your ideas. You may use the suggestions listed below in addition to some of your own choosing.

Sugerencias: la gente / hacer esfuerzos para proteger la naturaleza *(nature)*
todo el mundo / tratar de proteger los animales
los varios países / estar de acuerdo
todos los seres humanos / ser más responsables
los jóvenes / hacerse más activos
los niños / no tener hambre
todo el mundo / poder tener una educación buena
la gente / saber la verdad
los ricos / compartir *(to share)* su riqueza con los pobres
los gobiernos / empezar reformas sociales

Modelo: El mundo será mejor...
El mundo será mejor cuando la gente haga esfuerzos para proteger la naturaleza.

El mundo será mejor...

1. _____

2. _____

3. _____

4. _____

5. _____

6. _____

7. _____

8. _____

9. _____

10. _____

11. _____

12. _____

B. Entrevista política

You are a newspaper reporter. You have just returned from Latin America, where you conducted an interview with a dictator who has promised to make sweeping political and social reforms in his country. Relate the conditions under which he told you that reforms would be made.

Modelo: *Dijo que iniciaría reformas cuando se terminara el terrorismo.*

1. Dijo que liberaría a los prisioneros políticos tan pronto como _____

_____

2. Dijo que habría elecciones libres en cuanto _____

_____

3. Dijo que cooperaría con la Iglesia después de que _____

_____

4. Dijo que empezaría a hacer reformas sociales cuando _____

_____

5. Dijo que crearía más trabajos para los pobres tan pronto como _____

_____

6. Dijo que construiría más escuelas cuando _____

_____

7. Dijo que apoyaría una nueva reforma agraria (*agrarian*) cuando _____

_____

8. Dijo que establecería mejores relaciones con los Estados Unidos tan pronto como _____

_____

C. Una visita

You have invited your friends to spend the weekend with you. List five things that you tell them that you will do when they visit you.

Modelo: *Nosotros miraremos la televisión cuando Uds. me visiten.*

1. _____

2. _____

3. _____

4. _____

5. _____

Materiales auténticos

En el siglo XX varios movimientos revolucionarios tuvieron lugar y estos cambios continuan hoy en ciertas partes del mundo. La revista anunciada abajo trata de una revolución política que empezó en este siglo y el debate sobre este concepto político y económico es evidente todavía.

Nº 3

EL SOCIALISMO DEL FUTURO

ALFONSO GUERRA
Socialismo y economía

CLAUDIO MARTELLI
La victoria del mercado

MILOVAN DJILAS
Sociedad: no, movimiento, sí

JOSÉ FÉLIX TEZANOS
La crítica de la razón económica y la razón de la crítica social

ULF HIMMELSTRAND
Democracia económica y democracia industrial en una economía de mercado

ERHARD EPPLER
Economía y medio ambiente

F. HENRIQUE CARDOSO
Las relaciones Norte-Sur en el contexto actual ¿una nueva dependencia?

TOM BOTTOMORE
Problemas y perspectivas de una economía socialista en Europa

ABEL AGANBÉGUIÁN
La reforma económica en la Unión Soviética

ERNEST MANDEL
Economía y filosofía política del socialismo

GÖSTA REHN
El futuro del Estado de Bienestar

ADOLFO SÁNCHEZ VÁZQUEZ
Socialismo y Mercado

MANUEL ESCUDERO
El debate sobre los nuevos objetivos del socialismo democrático

PABLO GLEZ. CASANOVA
El socialismo como alternativa global.

FUNDACION SISTEMA

Revista de Debate Político

El Socialismo del Futuro es una revista internacional que se edita en español y otros siete idiomas europeos (francés, italiano, alemán, ruso, portugués, inglés y griego) con la finalidad de abrir puentes fructíferos de diálogo y de entendimiento en la izquierda europea, suscitando un debate abierto y vivo sobre el socialismo del futuro.

FUNDACION SISTEMA

A la venta en librerías y kioskos.

Hoja de suscripción
Nombre
Dirección
Población
C.P.

Suscripción anual (2 números) 1.000 pts.
☐ Envío talón nominativo a «El socialismo del futuro»
Fuencarral 127 - 28010 MADRID
Tel.: 448 73 19 - Fax: 448 73 39
☐ Contra reembolso de 1.200 ptas.
☐ Domiciliación bancaria (enviar datos bancarios)

1. ¿Cuál es el propósito de la revista? _____

_____

2. ¿Es una revista sólo para la gente española? _____

¿Cómo sabemos esto? _____

_____

3. ¿Es necesario suscribirse para recibir una copia de la revista o se puede conseguir de otra manera? Explique. _____

_____

4. ¿Cuál es el tema central de casi todos los artículos de la revista? _____

5. ¿Cuánto cuesta una suscripción anual de esta revista?

_____

6. ¿Tiene Ud. mucho interés en la política? _____

¿Por qué? _____

_____

_____

_____

UNIDAD 9

La educación en el mundo hispánico

Ejercicios de laboratorio

Diálogo

Listen to the following conversation.

You will now hear some incomplete sentences, each followed by three possible completions. Choose the most appropriate completion and circle the corresponding letter in your lab manual. You will hear each sentence and its possible completions twice. Now begin.

1. a   b   c   **4.** a   b   c

2. a   b   c   **5.** a   b   c

3. a   b   c   **6.** a   b   c

Now repeat the correct answers after the speaker.

Estructura

A.   *The subjunctive after adverbial conjunctions of purpose or proviso*

Restate each sentence, changing the verb after the conjunction as indicated. Repeat the correct answer after the speaker.

Modelo: No te gradúas sin que estudies.
trabajar
No te gradúas sin que trabajes.

saber estas cosas
No te gradúas sin que sepas estas cosas.

1. _____   3. _____

2. _____   4. _____

B. Sequence of tenses with adverbial conjunctions of purpose or proviso

In each sentence you will hear, change the verb to the past tense. Repeat the correct answer after the speaker.

Modelo: Vamos a explicarlo bien de modo que ellos nos entiendan.
Íbamos a explicarlo bien de modo que ellos nos entendieran.

1. _____   4. _____

2. _____   5. _____

3. _____

C. Formation of adverbs ending in -mente

Following the model, given the adverbial form of each adjective you hear. Repeat the correct answer after the speaker.

Modelo: Él hizo la tarea fácilmente.
rápido
Él hizo la tarea rápidamente.

1. _____   3. _____

2. _____

D. More on adverbs

Change the adverbial expressions in the sentences you will hear from the construction with *con* to the form ending in *-mente*. Repeat the correct answer after the speaker.

1. _____   4. _____

2. _____   5. _____

3. _____

E. Comparisons of equality

Following the model, combine the two sentences by using a comparison of equality. Repeat the correct answer after the speaker.

Modelo: María tiene dos libros. Elena tiene dos también.
María tiene tantos libros como Elena.

1. _____   4. _____

2. _____   5. _____

3. _____

F. Comparisons of inequality

Following the model, combine the two sentences by using a comparison of inequality with *más*. Repeat the correct answer after the speaker.

Modelo: Yo tengo algún dinero. Roberto tiene más dinero.
Roberto tiene más dinero que yo.

1. _____   4. _____

2. _____   5. _____

3. _____

G. Regular and irregular comparison of adjectives

Repeat the sentence you hear, changing the comparison to give the opposite idea. Repeat the correct answer after the speaker.

Modelo: Pablo es el muchacho más inteligente de la clase.
Pablo es el muchacho menos inteligente de la clase.

1. _____   6. _____

2. _____   7. _____

3. _____   8. _____

4. _____   9. _____

5. _____   10. _____

H. The absolute superlative of adjectives and adverbs

Following the model, give the absolute superlative of the adjective or adverb. Repeat the correct answer after the speaker.

Modelo: Es un joven muy rico.
Es un joven riquísimo.

1. _____   4. _____

2. _____   5. _____

3. _____

Ejercicio de comprensión

You will now hear three short passages, followed by several true-false statements each. Listen carefully to the first passage.

   Indicate whether the following statements are true or false by circling either *V (verdadero)* or *F (falso)* in your lab manual. You will hear each statement twice.

1. V   F

2. V   F

3. V   F

Listen carefully to the second passage.

Now circle either *V* or *F* in your lab manual.

4. V   F

5. V   F

6. V   F

7. V   F

8. V   F

9. V   F

Listen carefully to the third passage.

Now circle either *V* or *F* in your lab manual.

10. V   F

11. V   F

12. V   F

 Ejercicios escritos

I.   *The subjunctive in adverbial clauses of purpose and proviso*

Complete with the correct form of the verb in parentheses, using either the indicative or the subjunctive mood as required by the meaning of the sentence.

1. Quiero estudiar para médico con tal que mis notas (ser) _____ buenas.

2. Ellos entraron sin que nosotros los (oir) _____.

3. Queremos asistir mañana al partido de fútbol aunque (hacer) _____ mal tiempo.

4. Concha va a prestarle su libro en caso de que él no (poder) _____ encontrar el suyo.

5. Su primo no puede matricularse en la universidad a menos que (salir) _____ bien en el examen.

6. Él trató de contestar la pregunta aunque no (saber) _____ la respuesta.

7. Su padre le dio más dinero en caso de que no (tener) _____ bastante para los boletos.

8. Puedo aprender todos los datos con tal que ellos me (ayudar) _____ con mis estudios.

9. Fuimos a la biblioteca para que Juan (buscar) _____ un diccionario de español.

10. El profesor habló despacio de modo que todos lo (entender) _____.

11. Vamos también con tal que Ud. (comprar) _____ las entradas.

12. El chico salió sin que el profesor lo (saber) _____.

13. La muchacha no puede salir a menos que su hermano la (acompañar) _____.

14. En caso de que tú (gastarse) _____ todo el dinero, yo puedo pagar la cuenta.

15. Asistieron al concierto para que ella (escuchar) _____ la música sinfónica de la orquesta de Guadalajara.

16. Aunque él nunca (estudiar) _____, lo sabe todo.

17. Iremos a Sevilla aunque la feria ya (haber) _____ terminado.

18. Escribió las palabras en su cuaderno de modo que no las (olvidar) _____.

19. Voy con Uds. con tal que me (prometer) _____ no hablar durante la reunión.

20. Salimos temprano para que ellos no (llegar) _____ tarde a la clase.

21. No podremos oír nada a menos que ella (hablar) _____ en voz alta.

22. Él tendrá que buscar empleo a menos que (recibir) _____ el cheque hoy.

23. El profesor no se quejará con tal que Ud. (callarse) _____ durante la clase.

24. Lo leeré aunque no (ser) _____ interesante.

25. Se puso la carta en el bolsillo sin que ella la (ver) _____.

II. Adverbs

Complete the following sentences, following the model.

Modelo: Carlos es rápido; por eso habla *rápidamente*.

1. Elena es cariñosa; por eso me trata _____.

2. Raúl es feliz; por eso canta _____.

3. Alicia es elegante; por eso se viste _____.

4. Susana es cortés; por eso se comporta _____.

5. Jorge es serio; por eso escribe _____.

6. José es triste; por eso habla _____.

7. Luz María es paciente; por eso nos ayuda _____.

8. Víctor es cuidadoso; por eso trabaja _____.

III. *Comparisons*

Write the Spanish equivalent of the English words in parentheses.

1. Ella tiene *(as much patience as)* _____ una santa.

2. Mi hermano es *(as intelligent as)* _____ el profesor.

3. Este artículo es *(more interesting than)* _____ ése.

4. Ese hombre es *(less poor than)* _____ aquél.

5. Ellos estudian *(as much as)* _____ nosotros.

6. Mi prima es *(extremely fat)* _____.

7. Carlos es *(the worst student in)* _____ la clase.

8. Cervantes escribió *(the best novel)* _____ de la literatura española.

9. Ramón trabaja *(more than)* _____ sus amigos.

10. Tengo *(more than)* _____ quinientos pesos en el banco.

11. Su tío tiene *(as many factories as)* _____ su abuelo.

12. Este restaurante es *(better than)* _____ ése.

13. Esta composición es *(worse than)* _____ la mía.

14. Consuelo es *(the oldest)* _____ de su familia.

15. Mi hermano Jorge es *(the youngest)* _____ de nuestra familia.

IV. *Translation*

Write the following sentences in Spanish.

1. He will be the best student in the class provided he studies more.

_____

_____

2. They cannot find as much information as they need unless they go to Spain.

_____

_____

3. In case he doesn't have as much money as I, I will pay the bill.

_____

_____

4. She does not want to go unless she can go with my older brother.

_____

_____

5. The professor spoke slowly so that all the students might understand what he was saying.

_____

_____

6. Women will work as diligently as men provided they earn as much money as they.

_____

_____

7. You *(polite)* will receive the worst grade in the class unless you finish your homework.

_____

_____

8. He can write a better novel than this one provided he has enough time.

_____

_____

9. We will leave early in order that we may spend a lot of time in the library.

_____

_____

10. They will be extremely tired unless they decide to go to bed earlier.

_____

_____

A. Planes para el futuro

You and your friends are making plans for the future. You are confident that they will be realized provided that certain conditions exist. Express the plans below, then add three new ideas of your own.

ℳodelo: Yo / graduarse este año / con tal que / mis profesores darme notas buenas
Yo me graduaré este año con tal que mis profesores me den notas buenas.

1. tú / hacer un viaje a Europa / a menos que / tus padres no mandarte el dinero

   _____

2. Miguel / trabajar en una embajada / con tal que / el gobierno querer emplearlo

   _____

3. Margarita / ser una actriz / con tal que / el cine estar listo para recibirla

   _____

4. Tomás y Ricardo / tener mucho éxito / siempre que / nosotros ayudarlos

   _____

5. nosotros / estar muy contentos / a menos que / la mala fortuna impedírnoslo

   _____

6. _____

7. _____

8. _____

B. La clase de español

Using verbs such as *saber, oír, ver,* and *mirar* with the adverbial conjunction *sin que,* list six things that you will do in Spanish class today without the knowledge of the professor.

ℳodelo: *Yo entraré tarde en la clase hoy sin que el profesor me vea.*

1. _____

2. _____

3. _____

4. _____

5. _____

6. _____

C. Cumplidos

Using adverbs that you know, make compliments to give to Spanish speaking friends in the following situations.

Modelo: (to a friend who studies hard in school)
            Tú estudias seriamente. Saldrás bien en el examen.

1. (to a friend who can run rapidly)

_____

2. (to a friend who speaks English clearly)

_____

3. (to a friend who treats children affectionately)

_____

4. (to a friend who dresses elegantly)

_____

5. (to a friend who works diligently)

_____

6. (to a friend who learns easily)

_____

D. No es verdad

Your friend Alicia is exaggerating her abilities. You correct her each time.

Modelo: ALICIA: Yo canto mejor que Beverly Sills.
            UD.:   **No, no es verdad. Tú cantas peor que ella.**

1. ALICIA: Yo soy más inteligente que tú.

UD.:   _____

2. ALICIA: Yo contesto menos impulsivamente que mi hermano.

UD.:   _____

3. ALICIA: Yo toco el piano mejor que Teresa.

UD.:   _____

4. ALICIA: Yo estudio tanto como Jorge.

UD.:   _____

5. ALICIA: Yo soy tan bonita como Madonna.

UD.:   _____

E. *Opiniones personales*

For each category below, write a sentence using the superlative and indicating a person or thing that fits into the category. Your opinions may be either complimentary or critical.

Modelo: un buen actor   **Michael Douglas es el mejor actor de Hollywood.**
                        o   **Michael Douglas es el peor actor de Hollywood.**

1. un libro interestante

_____

2. un restaurante elegante

_____

3. una tienda cara

_____

4. una película fascinante

_____

5. un programa divertido de televisión

_____

6. una buena actriz

_____

7. un mal actor

_____

8. un deporte violento

_____

9. una ciudad bonita

_____

10. unas montañas altas

_____

Materiales auténticos

Casi todos los estudiantes tienen miedo de tomar exámenes. Por eso es necesario que ellos se preparen bien para salir bien en ellos. Este artículo de la revista *Tú, internacional* discute este problema y presenta consejos al estudiante que puede seguir para salir bien en los exámenes.

COMO SALIR BIEN EN LOS
exámenes

Tú conoces muy bien los síntomas... ¡Alergia al algebra! ¡Sudores fríos con la física! ¡Pánico en el examen de inglés! ¡Terror con el de historia! Todo esto es normal cuando se acercan los exámenes o simplemente tenemos un test oral. Afortunadamente, hay cura para este mal. En este suplemento te damos consejos prácticos para recuperar la calma, superar el miedo a los exámenes... ¡y aprobarlos!

**Termina de estudiar dos días antes del examen y tómate algún tiempo para relajarte.
Ve al cine, a una fiesta, mira la televisión...
¡Nunca se te ocurra estudiar sólo a última hora, porque irás al fracaso!**

1. ¿Cuáles son los síntomas de miedo que un estudiante tiene de un examen de álgebra? _____

   ¿de física? _____ ¿de inglés? _____ ¿de historia? _____ ¿Cuáles de estos

   síntomas sufre Ud. y cuándo? _____

   _____

2. Según el artículo, hay cura para este mal. ¿Cuáles son las tres cosas que un estudiante debe hacer para recuperar la calma y superar el miedo a los exámenes?

a. _____

b. _____

c. _____

3. ¿Está Ud. de acuerdo con estos consejos? _____ ¿Por qué? _____

_____

_____

4. ¿Qué hace Ud. antes de un examen para calmarse? _____

_____

_____

_____

UNIDAD 10

La ciudad en el mundo hispánico

 Ejercicios de laboratorio

Diálogo

Listen to the following conversation.

You will now hear some incomplete sentences, each followed by three possible completions. Choose the most appropriate completion and circle the corresponding letter in your lab manual. You will hear each sentence and its possible completions twice. Now begin.

1. a   b   c   4. a   b   c

2. a   b   c   5. a   b   c

3. a   b   c   6. a   b   c

Now repeat the correct answers after the speaker.

Estructura

A. *If-clauses: contrary-to-fact statements*

Change the sentence you hear to make it express an idea that is contrary to fact. Repeat the correct answer after the speaker.

Modelo: Si está en el café, lo veremos.
                Si estuviera en el café, lo veríamos.

1. _____   5. _____

2. _____   6. _____

3. _____   7. _____

4. _____

B. If-clauses: hypothetical or doubtful statements

Restate each sentence following the cues provided to indicate that the statement is hypothetical or doubtful. Repeat the correct answer after the speaker.

Modelo: Si pudiera, iría en tren.
tener el tiempo
Si tuviera el tiempo, iría en tren.

hacer mal tiempo
Si hiciera mal tiempo, iría en tren.

1. _____   3. _____

2. _____

C. Como si

Restate the following sentences using the phrase *como si*. Repeat the correct answer after the speaker.

Modelo: Habla como estudiante, pero no lo es.
Habla como si fuera estudiante.

1. _____   3. _____

2. _____   4. _____

D. Verbs used with prepositions

In each sentence, substitute the correct form of the verb you are given and add a preposition before the following infinitive if one is required. Repeat the correct answer after the speaker.

Modelo: Quiero visitarlos en la ciudad.
pensar
Pienso visitarlos en la ciudad.

volver
Vuelvo a visitarlos en la ciudad.

1. _____   3. _____

2. _____   4. _____

E. Diminutives and augmentatives

Restate each sentence you hear using a diminutive with *-ito* or an augmentative with *-ón* to communicate a similar idea. Make the endings agree with the noun. When you hear the correct answer, repeat it after the speaker.

Modelo: Pepe es un perro pequeño.
Pepe es un perrito.

1. _____   5. _____

2. _____   6. _____

3. _____   7. _____

4. _____

Ejercicio de comprensión

You will now hear three short passages followed by several true-false statements each. Listen carefully to the first passage.

Indicate whether the following statements are true or false by circling either *V (verdadero)* or *F (falso)* in your lab manual. You will hear each statement twice.

1. V   F   3. V   F

2. V   F   4. V   F

Listen carefully to the second passage.

Now circle either *V* or *F* in your lab manual.

5. V   F   7. V   F

6. V   F   8. V   F

Listen carefully to the third passage.

Now circle either *V* or *F* in your lab manual.

9. V   F   12. V   F

10. V   F   13. V   F

11. V   F   14. V   F

Ejercicios escritos

I. If-clauses

Complete with the correct subjunctive or indicative form of the verb in parentheses.

1. Si (hacer) _____ buen tiempo, podríamos sentarnos en ese café.

2. Si yo (haber) _____ tenido tiempo, lo habría hecho.

3. Si (haber) _____ sol, iremos al parque.

4. Si ellos me (invitar) _____, iría a la fiesta.

5. Si él (tener) _____ bastante dinero, se matricularía en la universidad.

6. Los chicos hablan como si (conocer) _____ a esas muchachas.

7. Si las chicas (querer) _____, daremos un paseo.

8. Si Tomás (tomar) _____ el autobús, llegaría a casa tarde.

9. Carlos gastó dinero como si (ser) _____ rico.

10. Si todos (estudiar) _____ más, aprenderán mucho.

11. Si nosotros (haber) _____ salido ayer, ya habríamos estado allí.

12. Lola habló como si (saber) _____ la dirección de "El Jacarandá."

13. Si yo (salir) _____ bien en el examen, podré entrar en la Facultad de Medicina.

14. Si él me (prestar) _____ cinco pesos, compraría las bebidas.

15. Pablo corre como si (tener) _____ miedo.

16. Si el camarero (venir) _____ a nuestra mesa, pediría unas quesadillas.

17. Si Pedro (llegar) _____ a tiempo, asistiríamos a la conferencia.

18. Si nosotros (ir) _____ de compras hoy, le compraré una blusa nueva.

19. Si el museo (estar) _____ abierto, iría a visitarlo.

20. Si él (poder) _____ cambiar el cheque, le prestaría unas pesetas.

II. Verbs followed by a preposition

Complete with a preposition when needed.

1. Su hermanito insistió _____ ir al cine con nosotros.

2. La comida consistió _____ algunos platos típicos de España.

3. Tenemos que conformarnos _____ las leyes de la universidad.

4. Me encargo _____ hacer el itinerario para el viaje.

5. Sus amigos siempre se burlan _____ Carlos.

6. Carlos tardó mucho _____ terminar sus estudios.

7. Podemos _____ ir a la playa con ellos.

8. Nuestro primo sabe _____ nadar bien.

9. Queremos aprender _____ hablar bien el español.

10. Los hombres se acercaron _____ la plaza.

11. Todos deben fijarse _____ la arquitectura de ese edificio.

12. Ella se preocupa mucho _____ sus estudios.

13. La criada los dejó _____ caer al suelo.

14. Vamos _____ mudarnos a la capital.

15. Todo depende _____ la decisión del presidente.

III. Diminutives and augmentatives

Complete each of the following sentences with the Spanish equivalent of the English words given in parentheses. Use the *-ito(-a), -cito(-a), -ecito(-a)* diminutive endings and the *-ón(-ona)* augmentative endings in this exercise.

1. Vivimos en una (little house) _____.

2. Un (little boy) _____ entró en el café.

3. Compraron un (little book) _____ en la librería.

4. Quería comer un (little piece) _____ de pan.

5. Su mejor amigo es su (little dog) _____.

6. Quiero hacer un viaje con mi (little friend, buddy) _____.

7. Cogí todas las (little flowers) _____.

8. Su (little son) _____ está con su (grandma) _____.

9. El (big, husky man) _____ trabaja en el hotel.

10. La (large, husky woman) _____ es nuestra profesora.

IV. Review of the subjunctive

Write the following sentences in Spanish.

1. I hope that they will be able to go with me to the museum.

_____

2. They wanted to take a bus that would take them to the hospital.

_____

3. Whenever we are downtown, we like to go shopping in that store.

_____

_____

4. As soon as he arrives, we will invite him to have supper with us.

_____

_____

5. She will go to the movies with him provided her mother will let her go out alone after 7:00.

_____

_____

6. Even though it is raining, we intend to take (make) a trip to the country.

_____

_____

7. If he was as hungry as Carlos, he would eat this bread.

_____

8. She was singing as if she was very sad.

_____

9. I wanted the girls to sit down with us, but their boyfriends were waiting for them.

_____

_____

10. Is there someone here who is well acquainted with Carlos Fuentes' novel, _Terra nostra?_

_____

_____

 Actividades creativas

A. *Si nosotros tuviéramos mucho dinero*

You and some friends are talking about what you would do if you were very rich. Using the ideas below, tell what each person says, then add four more new ideas of your own.

Modelo: Andrés / comprar un coche nuevo
        Si Andrés fuera muy rico, compraría un coche nuevo.

1. Nosotros / hacer muchas cosas interesantes

_____

2. Ana y Elena / prestar su dinero a sus amigos

_____

3. Tú / ahorrar todo tu dinero

_____

4. Enrique / poder ir a la luna

_____

5. Ramón / comer solamente en los mejores restaurantes

_____

6. Yo / dar mucho dinero a los pobres

_____

7. _____

8. _____

9. _____

10. _____

B. La vida urbana

Write six sentences describing what you would do if you lived in a large city.

Modelo: *Si yo viviera en una ciudad grande, asistiría al teatro todas las noches.*

1. _____

2. _____

3. _____

4. _____

5. _____

6. _____

C. ¿Cuándo?

Tell when or under what conditions you would do the following.

Modelo: estudiar día y noche
        Yo estudiaría día y noche si hubiera un examen en esta clase.

1. ir al hospital

_____

2. invitar a mis amigos a una fiesta

_____

3. ganar mucho dinero

_____

4. prestar dinero a mis amigos

_____

5. telefonear a la policía

_____

6. comer en un restaurante elegante

_____

7. ir al Perú

_____

8. casarme

_____

D. Observaciones

You have just arrived in Mexico City. Using _como si_ describe what you hear and see.

Modelo: _El policía habla como si lo supiera todo._

1. Los taxistas manejan como si _____

2. Los vendedores gritan como si _____

3. Los hombres de negocios andan como si _____

4. Los niños juegan en el parque como si _____

5. Las mujeres se hablan como si _____

6. Los mariachis tocan como si _____

Materiales auténticos

Casi todas las ciudades grandes del mundo tienen problemas con la contaminación, el tráfico, el exceso demográfico y las carencias de infraestructura. A pesar de eso, muchas personas se mudan del campo a la ciudad cada semana. En Madrid y en otras ciudades hispanas la mayor parte de la gente vive en apartamentos en vez de en casas particulares. Lea estos dos anuncios de pisos *(floors—apartments on one floor)* que se venden en varios lugares de Madrid y conteste las preguntas.

Jardín de los Madroños

- Amplios jardines, piscina y garaje.
- Viviendas exteriores de 1 a 4 dormitorios con primerísimas calidades.
- Zonas nobles en madera y baño ppal. en mármol.
- Cocina amueblada.
- Antena parabólica.
- Sistema de seguridad las 24 horas.

Visite piso piloto

Promoción en construcción

PROPIEDAD

HIERBABUENA SA

CONSTRUCCION

JOTSA
28002 Madrid

INFORMACION Y VENTA
en la propia obra
o en

PROSA
Doctor Arce, 10
Telfs.: 261 65 63
563 43 53
28014 Madrid

URPESA, S.A.
Antonio Maura, 20
Telf.: 532 86 20
28014 Madrid

Esta oferta hace referencia a distintos tipos de viviendas, por lo que toda la información relativa al Real Decreto 515/89 de 21 de Abril se encuentra a disposición del público en nuestras oficinas de Doctor Arce, nº 10
Cantidades avaladas por la Cía Crédito y Caución.
Póliza nº 2.288.962

Junto al Parque Tierno Galván y el Planetario

Calle Puerto de la Cruz Verde, entrada por Puerto Serrano (a la altura de Embajadores, 225)

Excepcionales condiciones de pago

VIVA EN MADRID
EN UN ENTORNO APACIBLE, JUNTO AL METRO Y AUTOBUSES, CON AMPLIO JARDIN PRIVADO Y PADDLE-TENIS.

Pisos de 1 a 3 dormitorios en edificio de gran calidad.

Financiación hasta 15 años ó alquiler con opción a compra.

Agustín de Viñamata nº 6 (A espalda de Avda. Ciudad de Barcelona 95)

• Metro PACIFICO •

de 11 a 14 y de 17 a 20 horas (excepto lunes y festivos)
Domingos de 11 a 14 horas.
Telef.: 501 52 14 ó 593 14 62-3

1. Ud. está en Madrid buscando un piso. Lea la lista de atributos a la izquierda y haga una equis debajo del nombre del piso o edificio que tiene este atributo.

	Jardín de los Madroños	Agustín de Viñamata
a. junto al metro	_____	_____
b. amplios jardines	_____	_____
c. junto a los autobuses	_____	_____
d. hay piscina	_____	_____
e. hay garaje	_____	_____
f. hay paddle-tenis	_____	_____
g. junto al planetario	_____	_____
h. baños de mármol	_____	_____
i. edificio de gran calidad	_____	_____
j. cocina amueblada	_____	_____
k. entorno apacible (peaceful)	_____	_____
l. sistema de seguridad	_____	_____

2. Ahora, haga una comparación de los atributos de cada piso. ¿En cuál de los dos edificios prefiere Ud. vivir y por qué?

_____

_____

_____

3. ¿En cuál de los dos edificios se puede comprar o alquilar un piso? _____ ¿En cuál de los

dos edificios se venden pisos de 1 a 4 dormitorios? _____ ¿de 1 a 3 dormitorios?

_____

4. Ahora, escriba una cartita a su familia o a un(a) amigo(a) describiendo el piso que Ud. quiere comprar o

alquilar.

Querido(a) _____ :

_____

_____

_____

_____

_____

_____

_____

Con un abrazo,

_____

UNIDAD 11

Los Estados Unidos y lo hispánico

 Ejercicios de laboratorio

Diálogo

Listen to the following conversation.

You will now hear some incomplete sentences, each followed by three possible completions. Choose the most appropriate completion and circle the corresponding letter in your lab manual. You will hear each sentence and its possible completions twice. Now begin.

1. a   b   c   4. a   b   c

2. a   b   c   5. a   b   c

3. a   b   c   6. a   b   c

Now repeat the correct answers after the speaker.

Estructura

A.   The true passive construction

Change each sentence you hear from the active to the true passive construction. Repeat the correct answer after the speaker.

Modelo: Velázquez pintó ese cuadro.
              Ese cuadro fue pintado por Velázquez.

1. _____   5. _____

2. _____   6. _____

3. _____   7. _____

4. _____   8. _____

B. The passive voice with the reflexive se

Answer each of the following questions affirmatively, using the reflexive *se* in your reply. Repeat the correct answer after the speaker.

Modelo: ¿Venden libros en esa tienda?
        Sí, en esa tienda se venden libros.

1. _____   6. _____

2. _____   7. _____

3. _____   8. _____

4. _____   9. _____

5. _____   10. _____

C. The infinitive

Create a new sentence by substituting the word or phrase you are given. Repeat the correct answer after the speaker.

Modelo: Después de estudiar vamos al cine.
        bañarse
        Después de bañarnos vamos al cine.

1. _____   4. _____

2. _____   5. _____

3. _____

D. Nominalization

Following the model, nominalize the adjectives in the sentences you hear. Repeat the correct answer after the speaker.

Modelo: ¿Conoces a esa mujer rubia?
        ¿Conoces a esa rubia?

        Prefiero este hotel al hotel antiguo.
        Prefiero este hotel al antiguo.

1. _____   6. _____

2. _____   7. _____

3. _____   8. _____

4. _____   9. _____

5. _____   10. _____

E. Questions

Answer each question you hear using a nominalized construction in your reply. Repeat the correct answer after the speaker.

Modelo: ¿Cuál de los libros quieres? ¿El libro de historia?
               Sí, quiero el de historia.

1. _____   5. _____

2. _____   6. _____

3. _____   7. _____

4. _____   8. _____

F. Pero, sino *and* sino que

Combine the two sentences you will hear into one sentence using *pero, sino,* or *sino que*. Repeat the correct answer after the speaker.

Modelo: Carlos me ha invitado. No quiero ir.
               Carlos me ha invitado, pero no quiero ir.

               Mi hermana no es maestra. Es abogada.
               Mi hermana no es maestra sino abogada.

1. _____   6. _____

2. _____   7. _____

3. _____   8. _____

4. _____   9. _____

5. _____   10. _____

Ejercicio de comprensión

You will now hear three short passages, followed by several true-false statements each. Listen carefully to the first passage.

Indicate whether the following statements are true or false by circling either *V (verdadero)* or *F (falso)* in your lab manual. You will hear each statement twice.

1. V   F   3. V   F

2. V   F   4. V   F

Listen carefully to the second passage.

Now circle either *V* or *F* in your lab manual.

5. V   F

6. V   F

7. V   F

8. V   F

9. V   F

Listen carefully to the third passage.

Now circle either *V* or *F* in your lab manual.

10. V   F

11. V   F

12. V   F

13. V   F

14. V   F

15. V   F

Ejercicios escritos

I. *Verb tense review*

Write the first person singular forms of each of the following verbs in the tenses indicated.

	bailar	vender	escribir
Indicative			
1. Present	_____	_____	_____
2. Present Progressive	_____	_____	_____
3. Present Perfect	_____	_____	_____
4. Imperfect	_____	_____	_____
5. Preterit	_____	_____	_____
6. Past Progressive	_____	_____	_____
7. Pluperfect	_____	_____	_____
8. Future	_____	_____	_____

9. Future Perfect   _____ _____ _____

10. Conditional   _____ _____ _____

11. Conditional Perfect   _____ _____ _____

Commands

12. Formal, affirmative   _____ _____ _____

13. Formal, negative   _____ _____ _____

14. Familiar, affirmative   _____ _____ _____

15. Familiar, negative   _____ _____ _____

16. "Let's" Command   _____ _____ _____

17. Indirect Command   _____ _____ _____

Subjunctive

18. Present   _____ _____ _____

19. Imperfect   _____ _____ _____

20. Present Perfect   _____ _____ _____

21. Pluperfect   _____ _____ _____

II. *The true passive voice*

Change each of the following sentences from the active to the passive voice.

Modelo: Marta escribió la carta.
La carta fue escrita por Marta.

1. Carlos compró los boletos de ida y vuelta.

_____

2. Los aztecas construyeron muchas pirámides grandes.

_____

3. El señor Martínez escribió el artículo.

_____

4. El profesor castiga a los estudiantes.

_____

5. El guía arreglará el itinerario.

_____

III. The passive voice with the reflexive se

Change the following sentences from the active to the passive voice, using the reflexive *se* with no agent expressed.

Modelo: Roberto vende periódicos allí.
                Se venden periódicos allí.

1. El agente vendió los boletos.

   _____

2. Ellos habían comido toda la comida.

   _____

3. El empleado anunciará el vuelo.

   _____

4. Su madre prepara platos típicos.

   _____

5. Los chicos lavaron los platos.

   _____

IV. Uses of the infinitive

Complete with the correct infinitive.

1. No *(running)* _____ en el pasillo de la escuela.

2. Antes de *(marrying)* _____, es bueno *(to think)* _____.

3. *(Skiing)* _____ es un deporte muy popular.

4. *(Speaking)* _____ más de dos lenguas es necesario hoy día.

5. Los estudiantes prefieren *(reading)* _____; no les gusta *(writing)* _____.

6. Después de *(calling)* _____ al señor López, decidimos *(to buy)* _____ la hacienda.

V. Translation

Write the following sentences in Spanish.

1. Enrique and Isabel are not going to Spain but to Mexico.

   _____

2. There are two houses over there. The small one is mine.

   _____

3. She bought me two shirts. The blue one was made by my aunt.

_____

4. Spanish is spoken in this restaurant, but not in the one that is near the plaza.

_____

_____

5. He asked them if they were acquainted with the famous ruins of Monte Albán.

_____

_____

6. Many interesting cities are found between the capital and Yucatán.

_____

_____

7. What is Carlos lacking? Money or opportunities to advance?

_____

8. These pyramids and the ones that are near Mérida were built by the Mayas.

_____

_____

9. I know those two girls. The pretty one is his niece.

_____

_____

10. The boys did not want to study, but to travel.

_____

A. Planes de viaje

Based upon what you know about Mexico and what you have learned from the dialogue in Unit 11, write the names of six places that you would visit in Mexico and why.

Modelo: *Visitaría Oaxaca para ver las ruinas de Monte Albán que están cerca.*

1. _____

2. _____

3. _____

4. _____

5. _____

6. _____

B. Las semejanzas y las diferencias

Based upon what you know about our neighbors south of the border, list five differences and five similarities that exist between the cultures of Mexico and the United States.

Las diferencias:

1. _____

2. _____

3. _____

4. _____

5. _____

Las semejanzas:

1. _____

2. _____

3. _____

4. _____

5. _____

C. A México

Imagine that you could travel to Mexico. Write a paragraph to describe your trip by answering the following questions. Feel free to add ideas of your own.

Preguntas: 1. ¿Por qué quiere visitar Ud. México? 2. ¿Cuándo y con quién va a salir Ud.? 3. ¿Prefiere Ud. visitar las ciudades grandes, los pueblos pequeños o los dos? ¿Por qué? 4. ¿Qué hará Ud. para divertirse y para pasar el tiempo? 5. ¿Dónde quiere Ud. quedarse (con una familia, en un hostal para jóvenes, en un hotel lujoso, etc.)? ¿Por qué? 6. ¿Qué ropa va a traer con Ud.? 7. ¿Qué hace Ud. para prepararse para el viaje? 8. ¿Dónde va a comer durante el viaje? 9. ¿Va a comprar Ud. recuerdos durante su viaje? ¿Qué clase de recuerdos y para quiénes? 10. ¿Cuándo volverá Ud. a casa?

_____

_____

_____

_____

_____

_____

_____

_____

_____

_____

_____

_____

_____

_____

_____

_____

_____

_____

Cargarás con todo el equipo.

Atleta urbano
Hombre o mujer que, sin castigarse el cuerpo, vive la ciudad deportivamente.

Headphones
Ideal para hacer deporte sin perder el ritmo.

Mochila
Para que te eches todo, incluso tus problemas, a las espaldas.

Botella de Trinaranjus
Todo atleta urbano se refresca de una manera natural y Trinaranjus sin burbujas es el refresco más natural e imprescindible para conseguir, entre otras cosas, el equipo del atleta urbano.

Camiseta
Imprescindible para el atleta urbano, porque con ella puedes hacer de todo: ir en mountain bike, correr, caminar y pasear.

Cámara fotográfica
Demuestra a tus amistades que eres un verdadero atleta urbano. Enséñales la foto.

Mountain-bike
Hay muchas maneras de practicar el atletismo urbano, pero hacerlo con una mountain-bike es de las más cómodas.

Ahora, Trinaranjus te regala miles de camisetas, mochilas, headphones y cámaras de fotos. Y, además, sortea 50 mountain-bikes. Todo, para que puedas tener el equipo del atleta urbano al completo. Las instrucciones las encontrarás en las botellas de Trinaranjus.

TriNaranjus
SIN BURBUJAS

𝔐ateriales auténticos

Muchas personas son aficionadas al ciclismo. A veces utilizan la bicicleta como su método principal de transportación. Estas personas son los atletas urbanos, «hombres o mujeres que, sin castigarse el cuerpo *(without punishing their body)*, viven la ciudad deportivamente.» Si Ud. es ciclista o quiere ser ciclista es necesario tener el equipo apropriado. Lea el anuncio y conteste las preguntas.

1. Escriba el nombre de las cosas que están descritas en el anuncio.

   a. lo que lleva para escuchar música   _____

   b. lo que lleva en las espaldas en la cual puede poner varias cosas, incluso
   comida   _____

   c. con esta cosa puede hacer todo; ir en mountain-bike, correr, etc.   _____

   d. la cosa en que se puede practicar el atletismo urbano   _____

   e. la cosa que se lleva para refrescarse   _____

   f. la cosa que se usa si Ud. quiere tener un recuerdo de un viaje   _____

2. El anuncio es de la compañía Trinaranjus. ¿Qué es Trinaranjus?

   _____

3. ¿A Ud. le gusta el ciclismo? _____ ¿Por qué? _____

   _____

4. ¿A Ud. cómo le gusta viajar? _____ ¿Por qué? _____

   _____

UNIDAD 12

La presencia hispánica en los Estados Unidos

 Ejercicios de laboratorio

Diálogo

Listen to the following conversation.

You will now hear some incomplete sentences, each followed by three possible completions. Choose the most appropriate completion and circle the corresponding letter in your lab manual. You will hear each sentence and its possible completions twice. Now begin.

1. a   b   c   **4.** a   b   c

2. a   b   c   **5.** a   b   c

3. a   b   c   **6.** a   b   c

Now repeat the correct answer after the speaker.

Estructura

A. The use of the definite article

Listen to the model sentence, then make a new sentence by using the word or phrase you are given, modifying the basic sentence accordingly. Repeat the correct answer after the speaker.

Modelo: El señor García está en casa.
Don Roberto
Don Roberto está en casa.

señorita Azuela
La señorita Azuela está en casa.

1. _____ 4. _____

2. _____ 5. _____

3. _____

B. *The use of the indefinite article*

Listen to the model sentence, then make a new sentence by using the word or phrase you are given, modifying the basic sentence accordingly. Repeat the correct answer after the speaker.

Modelo: Tengo un lápiz y una pluma.
                frío terrible
                Tengo un frío terrible.

1. _____ 3. _____

2. _____

C. *Idioms with* tener

Create a new sentence by substituting the noun indicated and then changing the sentence accordingly. Repeat the correct answer after the speaker.

Modelo: Pablo tiene mucha hambre.
                frío
                Pablo tiene mucho frío.

1. _____ 3. _____

2. _____

D. Preguntar *and* pedir

Following the model, use the correct form of *preguntar* or *pedir* according to the sense of the sentence. Repeat the correct answer after the speaker.

Modelo: Pido que me den el libro.
                cinco dólares
                Pido que me den cinco dólares.
                si piensa salir
                Pregunto si piensa salir.

1. _____ 3. _____

2. _____

E. Saber *and* conocer

Following the model, use the correct form of *saber* or *conocer,* according to the sense of the sentence. Repeat the correct answer after the speaker.

Modelo: Enrique sabe quiénes son.
                México
                Enrique conoce México.

1. _____ 2. _____

Ejercicio de comprensión

You will now hear three short passages followed by several true-false statements each. Listen carefully to the first passage.

Indicate whether the following statements are true or false by circling either *V (verdadero)* or *F (falso)* in your lab manual. You will hear each statement twice.

1. V   F

2. V   F

3. V   F

4. V   F

5. V   F

Listen carefully to the second passage.

Now circle either *V* or *F* in your lab manual.

6. V   F

7. V   F

8. V   F

9. V   F

Listen carefully to the third passage.

Now circle either *V* or *F* in your lab manual.

10. V   F

11. V   F

12. V   F

13. V   F

14. V   F

15. V   F

I. The definite article

Complete with the correct definite article when needed.

1. _____ rosas y _____ claveles son flores bonitas.

2. _____ señora Jiménez va a visitarnos hoy.

3. _____ fruta es buena para la salud.

4. ¿Me permite entrar, _____ señor Pidal?

5. Tenemos clase _____ lunes y _____ viernes.

6. Queremos hacer un viaje a México en _____ verano.

7. Ella puede escribir _____ francés, pero habla muy bien _____ alemán.

8. El hombre se puso _____ sombrero y salió.

9. Antes de comer, yo siempre me lavo _____ manos.

10. Pensamos visitar _____ Argentina y _____ Brasil durante nuestras vacaciones.

11. Me gustan _____ manzanas.

12. Voy a estudiar _____ México antiguo y _____ España medieval.

13. Si es buena poesía, sale de _____ alma de _____ poeta.

14. Su amigo está en _____ cárcel en _____ México.

15. A _____ ocho vamos a ir a _____ iglesia.

II. The indefinite article

Complete with the correct indefinite article when needed.

1. Después de recibir el cheque, voy a comprar _____ casa y _____ coche.

2. El señor González es _____ profesor.

3. La señora Gómez es _____ buena cocinera.

4. No tenemos _____ dinero.

5. Buscamos _____ ayuda.

6. Quisiera vivir en _____ edificio con _____ ascensor.

7. Habla como _____ imbécil.

8. Quisiera comprar _____ otro libro.

9. Nunca hemos encontrado tal _____ problema.

10. Ayer vimos a _____ hombre sin _____ zapatos.

III. Haber, tener que, *and* deber

Complete with the correct expression of necessity or obligation.

1. (*We have to*) _____ salir ahora.

2. (*They ought to*) _____ estudiar más.

3. (*He is to*) _____ dar una conferencia esta noche.

4. (*They have to*) _____ ir a casa para las vacaciones.

5. (*He ought to*) _____ prestar más atención a sus estudios.

6. (*They are to*) _____ visitarnos la semana que viene.

7. (*I had to*) _____ comer temprano ayer.

8. (*We must*) _____ trabajar más.

9. (*I am supposed to*) _____ almorzar con ellos.

10. (*She has to*) _____ cambiar el cheque.

IV. Translation

Write the following sentences in Spanish.

1. I found out that she knew my sister while they were working in New Mexico.

_____

_____

2. She asked me if I wanted to ask her father for permission to use the car.

_____

_____

3. They took us to Santa Fe in their car, but we took a bus in order to go (return) home.

_____

_____

4. You (*tú*) should always take your book to class in case you have to use it.

_____

_____

5. He sat down, took off his shoes, took the papers off the table and began to read them.

_____

_____

6. I am very tired and I ought to go to bed, but I still have to do many things.

_____

_____

7. When I go to the Southwest, I will want to observe the Spanish influence on its culture.

_____

_____

8. On Friday we are leaving for Tucson by car.

_____

9. He asked the desk clerk for a double room with a bath.

_____

_____

10. The elevator did not work well, which frightened us a great deal.

_____

_____

 **Activides creativas**

A. *Para sobrevivir*

You would like to make a trip to a Spanish-speaking country for the first time. How well could you survive? See if you would be able to ask the following questions. (You may refer to the "A conversar" sections of Units 11 and 12 for vocabulary related to travel.)

Name_____ Date_____ Class_____ ■ ___

1. Al taxista:
Do you know the name of an inexpensive but clean hotel?

_____

Please take me to the Hotel Roma. It's on the corner of Hamburgo Street and the Paseo de la Reforma.

_____

_____

2. Al recepcionista del hotel:
I don't have a reservation, but I would like a double room with twin beds and a bath with a shower. What is the rate per night?

_____

_____

3. A la camarera:
I lack soap, towels, and toilet paper in my room. My luggage is also missing.

_____

_____

4. Al botones:
Is there a mailbox in the hotel? I have to mail two postcards. I also need to cash a traveler's check. Is there a bank near the hotel where I can do that?

_____

_____

5. A la gerencia:
I have a stomachache. Do you think that I should go to a doctor's office or to the pharmacy?

_____

_____

6. Al agente de viajes:
I would like to buy a round trip ticket to Acapulco. What is the number of the flight and at what time does it leave?

_____

_____

7. I wanted to go by bus in order to see the landscape, but the trip takes too much time.

_____

_____

8. My friend offered to take me, but his car doesn't run well. It needs a new battery, new brakes, and new tires. He ought to repair it.

_____

_____

_____

9. When I return to the U.S. I am going by train. I have a first class ticket for the trip between the capital and the border.

_____

_____

_____

Materiales auténticos

La población hispana crece mucho cada año en los Estados Unidos. Con este aumento de ciudadanos también vemos que el número de periódicos, revistas, y estaciones de radio crece también. "La Red de Radio Hispana" sirve para comunicar con las varias comunidades hispanas de este país. Mire el anuncio siguiente y conteste las preguntas.

1. ¿Qué clase de programación radial da La Red de Radio Hispana?

_____

2. ¿Cuántas estaciones afiliadas son parte de La Red de Radio Hispana? _____

¿Cuántos estados tienen estaciones hispanas? _____

¿Hay una estación en su estado? _____ ¿Dónde? _____

_____

3. Las estaciones presentan programas que atraen la atención del público. ¿De qué trata el programa "Hechos y Gente"?

_____

¿"El Dicho del Día"? _____

4. ¿De qué tratan los otros programas mencionados aquí? _____

_____

_____

5. ¿Qué le parece la programación de La Red de Radio Hispana? Explique. _____

_____

6. ¿Qué clase de programación radial le gusta a Ud.? _____

_____

¿Por qué? _____

Answer key*
for ejercicios escritos

 Unidad 1

I.

1. hablan	10. piden	18. sé
2. aprendemos	11. sirve	19. salimos
3. asiste	12. juegan	20. está
4. pienso	13. huelen	21. van
5. empiezas	14. conozco	22. oyen
6. almuerza	15. recibe	23. tengo
7. vuelven	16. corrijo	24. eres
8. están	17. cabe	25. viene
9. siente		

II.

1. La señora García es una buena trabajadora también.

2. Él es un famoso pianista americano también.

3. Su tía es una gran guitarrista española también.

4. Es una novela muy interesante también.

5. Es un joven francés también.

---

* Answers for the *Actividades creativas* sections will not be given, as students responses will vary.

6. Son unas lecciones difíciles también.

7. Son unos periódicos alemanes también.

8. Son unas preguntas complicadas también.

III.

1. a	**5.** a
2. —	**6.** a
3. a	**7.** a
4. —	**8.** —

IV.

1. Ramón desilusiona a su profesor porque no quiere ir a clase.

2. (Nosotros) conocemos bien al señor Gómez. Es un viejo amigo de España.

3. El clima aquí es muy bueno, pero (yo) prefiero vivir en la capital.

4. La señora García es la única mujer que tiene varios libros sobre la política española.

5. Él es una persona única. Quiere ser un artista famoso, pero no quiere trabajar.

6. (Yo) creo que un hombre pobre puede ser un gran hombre si es trabajador (diligente).

7. A las diez ella piensa ir a clase en la universidad de San Francisco.

8. (Nosotros) vemos la nieve blanca y los árboles verdes en las altas montañas.

9. (Yo) sé que la segunda lección es interesante, pero también es muy difícil.

10. Los dos (hombres) españoles son guitarristas famosos.

 Unidad 2

I.

1. iban	**6.** traducía
2. era	**7.** hablaban
3. veía	**8.** éramos
4. estudiabas	**9.** íbamos
5. comíamos	**10.** entendían

II.

1. salieron
2. fue
3. trabajé
4. pusimos
5. dijo
6. condujeron
7. supiste
8. estuvieron
9. durmió
10. repitieron
11. pagué
12. tocó
13. busqué
14. leyó
15. oyeron

III.

1. tenía
2. era
3. gustaba
4. durmió
5. eran
6. tenía
7. llamó
8. se levantó
9. se bañó
10. se vistió
11. se fue
12. comió
13. salió
14. era
15. brillaba
16. cantaban
17. andaba
18. encontró
19. era
20. quería
21. quería
22. dijo
23. podía
24. tenía
25. dijo
26. era
27. quería
28. se despidieron
29. se fue
30. se quedó

IV.

1. Me vieron anoche.
2. Él quería comprarlos. Él los quería comprar.
3. Ella las leyó en el periódico anoche.
4. (Yo) te llamé ayer.
5. Nuestros amigos nos visitaron el año pasado.
6. (Yo) la escribí antes de salir.
7. Él no quería pagarla. Él no la quería pagar.
8. (Nosotros) lo recibimos la semana pasada.

V.

1. Acosté / me acosté

2. bañarse / bañó

3. Ella se despidió / despidió

4. vestir / se vistió

5. nos fijamos / fija

6. despertar / despertarse

7. parece / se parecía

8. Él sentó / se sentó

9. se quitó / quitó

10. Él se puso / puso

VI.

1. (Nosotros) la conocimos anoche, pero no sabíamos que (ella) era francesa.

2. Él supo que la conferencia empezaba a las siete y media, pero llegó tarde.

3. Me conocían en aquella época, pero no asistimos (asistíamos) a la misma universidad.

4. Los indios contribuyeron mucho a la lengua y cultura españolas.

5. Él dijo que yo no podía entrar porque sólo tenía diez y seis (dieciséis) años.

6. Él se levantó, cerró la ventana, se vistió y salió de la casa.

7. Ellos preferían ir temprano porque querían llegar a tiempo.

8. Ella se dio cuenta de que sólo había tres estudiantes en la clase de francés.

9. Ellos vinieron a México el año pasado y vivieron en Guadalajara hasta noviembre.

10. Cuando (nosotros) salimos, ellos bailaban y cantaban.

 Unidad 3

I.

1. saldré

2. estudiaremos

3. harás

4. pondrán

5. vendrá

6. asistiremos

7. tendré

8. dirán

II.

1. querría

2. dirían

3. harían

4. podrías

5. pondrían

6. cabrían

7. valdría

8. vendrían

III.

1. Me mandó una tarjeta.

2. Nos dio el cheque.

3. Le leyó el cuento.

4. Te pidió permiso.

5. Les prestó los libros.

6. Le vendió la casa.

IV.

1. Me las muestran.

2. Nos la prestaron.

3. ¿Vas a contármelos? ¿Me los vas a contar?

4. José se la escribirá.

5. Dijeron que se lo venderíamos.

6. El cura se la dio.

7. Mi amigo se las dijo.

8. Queremos mandárselo. Se lo queremos mandar.

9. Están describiéndosela. Se la están describiendo.

10. Tengo que comprárselas. Se las tengo que comprar.

V.

1. Sí, me gustan las misas de la iglesia.

2. Sí, nos hace falta leer más.

3. Sí, me falta bastante dinero.

4. Sí, les quedan sólo cinco minutos.

5. Sí, nos encantan las ciudades grandes.

6. Sí, me parecen interesantes los artículos.

7. Sí, me pasó algo extraño.

8. Sí, me gustaría hacer un viaje a México.

VI.

1. están / son	7. está / es	13. es / está
2. es / está	8. es / es	14. son / están
3. están / son	9. estamos / es	15. está / está
4. es / estoy	10. es / está	16. es / está
5. están / son	11. están / es	17. fue / estuvo
6. son / estaban	12. fue / está	18. está / es

VII.

1. Íbamos a cenar cuando (ellos) llegaron.

2. Él dice que a ella le gusta ir a la iglesia, pero (yo) no lo creo.

3. Ella nos dará tres pesos, pero nos faltan cuatro.

4. ¿Qué hora sería cuando (ellos) los vieron?

5. Ella estará en la iglesia ahora.

6. Mamá va a cocinar en la cocina, papá va la leer el periódico y yo voy a escuchar CDs.

7. (Ellos) van a dárselo si ellos lo quieren.

8. Les encanta el campo, pero no les gusta la ciudad.

9. Nos quedan sólo tres semanas hasta el Día de los Difuntos.

10. Me gustaría estudiarla, pero me falta tiempo.

Unidad 4

I.

A.

1. está cayendo	6. estaban haciendo
2. estaba escuchando	7. estaba pidiendo
3. estaban durmiendo	8. estás trayendo
4. estamos diciendo	9. están viviendo
5. está leyendo	10. estaban sintiendo

B.

1. seguía (continuaba) tocando
2. va ganando
3. andan pidiendo
4. sigo (continúo) haciendo
5. van cambiando

II.

1. había visto
2. habría hecho
3. habían abierto
4. habrán resuelto
5. ha dicho
6. habían descubierto
7. hemos escrito
8. me habría enojado
9. habrá puesto
10. han roto
11. habrá vuelto
12. he oído
13 ha leído
14. habría creído
15. ha traído

III.

1. hechas
2. escrito
3. firmados
4. cerrados
5. está preparada
6. están compradas
7. están lavados
8. está escrito

IV.

1. Mis / los suyos (tuyos)
2. nuestro / Nuestra
3. Sus / Las mías
4. mi / la suya
5. mío / el suyo
6. Su / La mía
7. Sus / los míos
8. Sus / las nuestras

V.

1. Quiénes
2. Qué
3. De quién
4. Cuántos
5. A quién
6. Cuánto
7. Con quién
8. Qué
9. Cómo
10. Dónde
11. Cuándo
12. Adónde
13. Por qué
14. Para qué
15. Cuál

VI.

1. Cuando hace sol, tengo ganas de ir a la playa.
2. Cuando hace frío, tengo frío.
3. Cuando hace calor, tengo calor.

4. Cuando hace viento, tengo miedo.

5. Cuando hace mucho calor, tengo mucha sed.

VII.

1. Hace diez años que (ellos) viven en la misma casa. (Ellos viven en la misma casa desde hace diez años.) ¿Cuándo la compraron?

2. Hace cincuenta años que sus abuelos vinieron a este país. (Sus abuelos vinieron a este país hace cincuenta años.) ¿Por qué vinieron?

3. Hace cinco horas que buscamos el libro. (Buscamos el libro desde hace cinco horas.) ¿Dónde está?

4. (Yo) he comprado todas las revistas que contienen artículos sobre (acerca de) el nuevo gobierno español. ¿Cuáles necesitas?

5. Ella dijo que lo habría hecho más temprano. ¿Por qué no le dijiste?

6. Hace dos semanas que su tío vio las películas y le gustaron. (Su tío vio las películas hace dos semanas y le gustaron.) ¿Cuál quieren Uds. ver?

7. Hace cuarenta y cinco minutos que empezó la película. (La película empezó hace cuarenta y cinco minutos.) ¿Cuántos minutos quedan?

8. Hace quince minutos que miro a esa mujer. (Miro a esa mujer desde hace quince minutos.) ¿Quién es?

9. Hace muchos años que nuestros amigos quieren ir a Europa. (Nuestros amigos quieren ir a Europa desde hace muchos años.) ¿Adónde quieres ir tú?

10. Su hija y la mía quieren ser maestras. ¿Qué quiere ser Ud.?

Unidad 5

I.

1. salgan	6. tengamos
2. lleguen	7. diga
3. pueda	8. durmamos
4. dé	9. esté
5. entiendan	10. sepa

II.

A.

1. siéntese	siéntate	sentémonos
no se siente	no te sientes	no nos sentemos
2. dé	da	demos
no dé	no des	no demos

3. venda	vende	vendamos
no venda	no vendas	no vendamos
4. ponga	pon	pongamos
no ponga	no pongas	no pongamos
5. escriba	escribe	escribamos
no escriba	no escribas	no escribamos
6. vaya	ve	vamos
no vaya	no vayas	no vayamos

B.

1. Sí, hágalas Ud.

2. Sí, escríbalas Ud.

3. Sí, búsquelo Ud.

4. Sí, sírvalos Ud.

5. Sí, pídalo Ud.

C.

1. Sí, hazlas.

2. Sí, escríbelos.

3. Sí, búscalo.

4. Sí, sírvelos.

5. Sí, pídelo.

D.

1. No, no las hagas.

2. No, no las escribas.

3. No, no lo busques.

4. No, no los sirvas.

5. No, no lo pidas.

E.

1. Sí, cerrémosla.
No, no la cerremos.

2. Sí, sirvámoslos.
No, no los sirvamos.

3. Sí, levantémonos.
No, no nos levantemos.

4. Sí, acostémonos.
No, no nos acostemos.

III.

1. que	**6.** quien	**11.** Quienes (los que)
2. que	**7.** que	**12.** lo que
3. que	**8.** la cual (la que)	**13.** lo cual (lo que)
4. quien	**9.** la cual (la que)	**14.** cuyas
5. que	**10.** el cual	

IV.

1. Ven aquí, Raúl. Quiero ver lo que tienes en la mano.

2. Dime la verdad, Concha. ¿Puedes entender lo que él dice?

3. Vamos. Vi una luz en el bosque, lo cual (lo que) me asustó mucho.

4. Hazlo ahora. Quien (el que) termine primero recibirá una nota buena.

5. Pon el libro en la mesa cerca del que está abierto.

6. No te preocupes. Podremos encontrar el libro que perdiste anoche.

7. Cállate. La amiga de María, la cual vive en Los Ángeles, quiere hablar.

8. Sígueme. Te llevaré al restaurante de que estabas hablando.

9. Ten paciencia. Tal vez en esta tienda tengan las cosas que tú estás buscando (buscas).

10. Mira. Allí está el hombre cuya tía es una novelista famosa.

Unidad 6

I.

1. preparara
prepararas
preparara

prepararamos
preparárais
prepararan

2. vendiera
vendieras
vendiera

vendiéramos
vendierais
vendieran

3. escribiera
escribieras
escribiera

escribiéramos
escribierais
escribieran

II.

1. estuvieran
2. puedas
3. vaya
4. tuviéramos
5. hayan; hubieran
6. era
7. viniera
8. salgan
9. haya
10. mandara
11. conociera
12. hayan
13. diga
14. viven
15. hagan
16. lleguen
17. empezara
18. hubieran
19. temen
20. robó
21. perdiera
22. conozca
23. firmara
24. tomaran
25. vayamos

III.

1. No hay nadie aquí.
2. No hay nada en el vaso.
3. No tengo ningún libro interesante.
4. Nunca vas al cine con Carlos. (No vas nunca al cine con Carlos.)
5. No hablan alemán tampoco. (Tampoco hablan alemán.)
6. No quieren ir ni a la ciudad ni al campo.

IV.

1. Esperamos que él nunca lo haga sin pedir permiso.
2. Ella insiste en que ninguno de los estudiantes llegue a clase tarde.
3. Dudo que ellos lo hayan recibido tampoco.
4. Su madre no quiere que él vaya ni a las exequias ni al velorio.
5. Fue una lástima que don Mario muriera tan joven.
6. Mi hermano negó que Juan hubiera hecho algo para ayudarme.
7. Temo que ella no conozca a nadie en esta ciudad.
8. Me alegro de que Ud. haya empezado su composición para mañana.
9. Prefieren que los acompañemos al velorio.
10. Nos dijo que pasáramos por su casa después de las exequias.

Unidad 7

I.

1. sea	8. ofrezca	15. tenga
2. valga	9. compró	16. sea
3. haya	10. puede	17. salgan
4. quiere	11. sirviera	18. vayan
5. fuera	12. dé	19. está
6. trata	13. supiera	20. esté
7. sepa	14. explicó	

II.

1. por	8. por	14. para	20. por
2. para	9. para	15. por	21. para
3. Para	10. para	16. para	22. por
4. por	11. por	17. por / para	23. por
5. por	12. por	18. por	24. para
6. por	13. por (para)	19. para	
7. por			

III.

A.

1. ellos

2. nosotros

3. tú y yo (Ud. y yo)

4. conmigo

5. contigo

6. él

B.

1. sí mismos

2. sí misma

3. sí mismas

4. sí mismo

IV.

1. Al llegar a la ciudad, ellos empezaron a buscar una casa desocupada.

2. Después de cenar, fueron conmigo al cine.

3. (Nosotros) le pedimos permiso (a él) antes de salir de la clase.

4. Cerca de la ciudad, vimos a muchas personas que vivían (estaban viviendo) en chozas.

5. En vez de esperar a Tomás, (ellos) salieron sin él.

6. (Ellos) quieren vivir encima de una montaña junto a un lago.

7. Estábamos caminando (caminábamos) hacia el parque cuando vimos a un hombre enfrente de (delante de) la iglesia.

8. A pesar de lo que ella le había hecho, él dijo que no podía vivir sin ella.

9. Todos sus parientes viven cerca de ellos. A causa de esto (por esto) (ellos) quieren encontrar una casa que esté fuera de este barrio.

10. Es posible que en esa oficina haya una persona que pueda ayudarlo.

Unidad 8

I.

1. llegue

2. pudiéramos

3. existe

4. hubiéramos

5. visite

6. estén

7. vengan

8. reciba

9. compra

10. encontraron

11. despertó

12. dan

13. salgan

14. están

15. hayan

16. tocaba

17. ganen

18. consigan

19. se gradúe

20. anuncie

21. vuelvan

22. viera

23. haya

24. haga

25. coman

II.

1. Esto / Eso
2. Aquella / ésta
3. Esta / aquélla
4. este / aquél
5. Aquellos / ésos
6. Estas / aquéllas
7. esta / ésas
8. Aquel / Éste
9. ese / éste
10. esa / aquélla

III.

1. Nos vemos
2. Se escribían
3. nos mirábamos
4. Se hablan
5. Nos ayudamos

IV.

1. Se me olvidó
2. Se le rompieron
3. Se les perdió
4. Se le olvidan
5. Se nos perdieron

V.

1. Cuando me mude a la ciudad, compraré una casa en este barrio.
2. Tan pronto como (él) llegó al hotel, se dio cuenta (de) que se le habían perdido todas sus maletas.
3. Nos hablaremos antes de que empiece (comience) la clase.
4. Se escribirán después de que ella vuelva a los Estados Unidos.
5. Mi hermano y yo nos vimos antes de que él saliera para Madrid.
6. Los oficiales del gobierno pagarán el rescate cuando él lo pida.
7. Él escribirá otro artículo en cuanto (tan pronto como) Ud. haya leído éste.
8. (Yo) discutiré este problema después de que hayamos resuelto ése.
9. Cuando él va al centro, siempre compra una revista y la lee en ese (aquel) café.
10. (Yo) esperaré en esa esquina hasta que ella llegue.

Unidad 9

I.

1. sean
2. oyéramos
3. haga
4. pueda
5. salga
6. sabía
7. tuviera
8. ayuden
9. buscara

10. entendieran (entendieron)
11. compre
12. supiera
13. acompañe
14. gastes
15. escuchara
16. estudia
17. haya

18. olvidara (olvidó)
19. prometan
20. llegaran
21. hable
22. reciba
23. se calle
24. sea
25. viera

II.

1. cariñosamente
2. felizmente
3. elegantemente
4. cortésmente

5. seriamente
6. tristemente
7. pacientemente
8. cuidadosamente

III.

1. tanta paciencia como
2. tan inteligente como
3. más interesante que
4. menos pobre que
5. tanto como

6. gordísima
7. el peor estudiante de
8. la mejor novela
9. más que
10. más de

11. tantas fábricas como
12. mejor que
13. peor que
14. la mayor
15. el menor

IV.

1. (Él) será el mejor estudiante de la clase con tal que estudie más.

2. No pueden encontrar tanta información como necesitan a menos que vayan a España.

3. En caso de que él no tenga tanto dinero como yo, pagaré la cuenta.

4. Ella no quiere ir a menos que pueda ir con mi hermano mayor.

5. El profesor habló despacio para que todos los estudiantes entendieran lo que (él) decía.

6. Las mujeres trabajarán tan diligentemente como los hombres con tal que ganen tanto dinero como ellos.

7. Ud. recibirá la peor nota de la clase a menos que Ud. termine su tarea.

8. Él puede escribir una novela mejor que ésta con tal que tenga bastante tiempo.

9. (Nosotros) saldremos temprano para que podamos pasar mucho tiempo en la biblioteca.

10. Estarán muy cansados (cansadísimos) a menos que decidan acostarse más temprano.

 # Unidad 10

I.

1. hiciera	11. hubiéramos
2. hubiera	12. supiera
3. hay	13. salgo
4. invitaran	14. prestara
5. tuviera	15. tuviera
6. conocieran	16. viene
7. quieren	17. llegara
8. tomara	18. vamos
9. fuera	19. estuviera
10. estudian	20. pudiera

II.

1. en	6. en	11. en
2. en	7. —	12. de (con, por)
3. con	8. —	13. —
4. de	9. a	14. a
5. de	10. a	15. de

III.

1. casita

2. chiquito

3. librito

4. pedacito

5. perrito

6. amiguito, -a

7. florecitas

8. hijito, abuelita

9. hombrón

10. mujerona

IV.

1. Espero que (ellos) puedan ir conmigo al museo.

2. Ellos querían tomar un autobús (camión) que los llevara al hospital.

3. Cuandoquiera que estamos en el centro, nos gusta ir de compras en esa (aquella) tienda.

4. Tan pronto como (él) llegue, lo invitaremos a cenar con nosotros.

5. Ella irá al cine con él con tal que su madre la deje salir sola después de las siete.

6. Aunque está lloviendo, pensamos hacer un viaje al campo.

7. Si él tuviera tanta hambre como Carlos, comería este pan.

8. Ella cantaba como si estuviera muy triste.

9. (Yo) quería que las chicas se sentaran con nosotros, pero sus novios estaban esperándolas (las esperaban).

10. ¿Hay alguien aquí que conozca bien la nueva novela de Carlos Fuentes, *Terra nostra?*

Unidad 11

I.

1. bailo	vendo	escribo
2. estoy bailando	estoy vendiendo	estoy escribiendo
3. ha bailado	he vendido	he escrito
4. bailaba	vendía	escribía
5. bailé	vendí	escribí
6. estaba bailando	estaba vendiendo	estaba escribiendo
7. había bailado	había vendido	había escrito
8. bailaré	venderé	escribiré
9. habré bailado	habré vendido	habré escrito

10. bailaría	vendería	escribiría
11. habría bailado	habría vendido	habría escrito
12. baile (Ud.)	venda (Ud.)	escriba (Ud.)
13. no baile (Ud.)	no venda (Ud.)	no escriba (Ud.)
14. baila	vende	escribe
15. no bailes	no vendas	no escribas
16. bailemos	vendamos	escribamos
17. que baile	que venda	que escriba
18. baile	venda	escriba
19. bailara	vendiera	escribiera
20. haya bailado	haya vendido	haya escrito
21. hubiera bailado	hubiera vendido	hubiera escrito

II.

1. Los boletos de ida y vuelta fueron comprados por Carlos.

2. Muchas pirámides grandes fueron construidas por los aztecas.

3. El artículo fue escrito por el señor Martínez.

4. Los estudiantes son castigados por el profesor.

5. El itinerario será arreglado por el guía.

III.

1. Se vendieron los boletos.

2. Se había comido toda la comida.

3. Se anunciará el vuelo.

4. Se preparan platos típicos.

5. Se lavaron los platos.

IV.

1. correr

2. casarse, pensar

3. (Él) esquiar

4. (Él) hablar

5. leer / escribir

6. llamar / comprar

V.

1. Enrique e Isabel no van a España sino a México.

2. Hay dos casas allí. La pequeña es mía.

3. Ella me compró dos camisas. La azul fue hecha por mi tía.

4. Se habla español en este restaurante (restorán), pero no en el que está cerca de la plaza.

5. (Él) les preguntó si ellos conocían las famosas ruinas de Monte Albán.

6. Se encuentran muchas ciudades interesantes entre la capital y Yucatán.

7. ¿Qué le falta a Carlos? ¿Dinero u oportunidades para avanzar?

8. Estas pirámides y las que están cerca de Mérida fueron construidas por los mayas.

9. Conozco a esas dos chicas. La bonita es su sobrina.

10. Los chicos (muchachos) no querían estudiar, sino viajar.

Unidad 12

I.

1. Las / los	6. el	11. las
2. La	7. — / el	12. el / la
3. La	8. el	13. del / del
4. —	9. las	14. la / —
5. el (los) / el (los)	10. la / el	15. las / la

II.

1. una / un	6. un / —
2. —	7. —
3. una	8. —
4. —	9. —
5. —	10. un / —

III.

1. Tenemos que
2. Deben
3. Ha de
4. Tienen que
5. Debe

6. Han de
7. Tuve que
8. Debemos
9. He de
10. Tiene que

V.

1. Yo supe que ella conocía a mi hermana mientras (ellas) trabajaban en Nuevo México.

2. Ella me preguntó si (yo) quería pedirle permiso a su padre para usar el coche (carro, auto).

3. (Ellos) nos llevaron a Sante Fe en su coche, pero tomamos un autobús para volver a casa.

4. Siempre debes llevar tu libro a clase en caso de que tengas que usarlo.

5. Él se sentó, se quitó los zapatos, quitó los papeles de la mesa y empezó a leerlos.

6. Estoy muy cansado(-a) y debo acostarme, pero todavía tengo que hacer muchas cosas.

7. Cuando yo vaya al suroeste, querré observar la influencia española sobre su cultura.

8. El viernes salimos para Tucson en coche.

9. Él le pidió al conserje un cuarto doble con baño.

10. El ascensor no funcionó (no funcionaba) bien, lo cual nos asustó mucho.